„Camberger Lesecafé – Junge Autoren"

Wie das Leben so spielen kann!

© Autoren:	Kinder und Jugendliche im Rahmen des Wettbewerbes „Junge Autoren"
Druck & Verlag:	Seltersdruck & Verlag
	Lehn GmbH & Co. KG
	Emsstr. 14
	65618 Selters
Printed in:	Germany
ISBN:	978-3-923811-28-1
EAN:	9783923811281

1. Auflage

„Camberger Lesecafé"
Verantwortlich:
Karlheinz Sellheim
65520 Bad Camberg
Kontakt:
E-Mail: <u>karlheinz.sellheim@web.de</u>

Inhalt: **Seite:**

Mitbegründer des „Camberger Lesecafé und   4
Organisatoren des Wettbewerbs „Junge Autoren

Vielen Dank!   6

Vorwort   7
(Karlheinz Sellheim, „Camberger Lesecafé")

1. Gwendolyne   10
(Jennifer Leuchtmann, 16 Jahre)

2. Wie das Leben so spielen kann!   41
(Dana Polz, 15 Jahre)

3. Die Stimme des Meeres   52
(Katharina Rettig, 14 Jahre)

4. Mein Kater, unser Hund und ich   72
(Jannis Goldberg, 9 Jahre)

5. Der bedrohte Wald   80
(Merle Jäger, 10 Jahre)

An dieser Stelle sollen einmal die Mitbegründer des „Camberger Lesecafé" und Organisatoren des Schreibwettbewerbes „Junge Autoren" vorgestellt werden.

Karlheinz Sellheim:

Karlheinz Sellheim ist 1958 im oberhessischen Stockheim geboren. Als er fünf Jahre alt war kam er mit seinen Eltern nach Frankfurt am Main. Hier ging er zur Schule, absolvierte seinen Realschulabschluss und machte eine Lehre als Feinmechaniker.
Nach vierjähriger Bundeswehrzeit ging er 1983 in den öffentlichen Dienst und übernahm eine Stelle bei den Stadtwerken Frankfurt am Main. 1986 wechselte er zum Ordnungsamt in Frankfurt.
Er ist verheiratet und hat eine inzwischen erwachsene Tochter.
1992 zog er dann nach Bad Camberg und übernahm dort eine Beamtenstelle in der Stadtverwaltung.
Karlheinz Sellheim begann 2000 mit dem Schreiben und veröffentlichte 2001 sein erstes lustiges Wörterbuch „English for runaways."
2002 erschien sein zweites Buch beim R. G. Fischer Verlag in Frankfurt am Main mit dem Titel „Die Hauptsache war: überleben!" Hierbei handelt es sich um die Erlebnisse einer Gruppe von Männern, die zum Ende des zweiten Weltkrieges in russische Gefangenschaft geraten sind. Zu diesen Männern gehörte auch sein Vater.
2011 veröffentlichte er seinen Reise- und Erlebnisbericht „Dubai - Nicht nur ein Reisebericht" im Eigenverlag und in Zusammenarbeit mit „Seltersdruck & Verlag Lehn."
Zusammen mit Vougar Aslanov und anderen Schriftstellern gründete er 2009 das „Camberger Lesecafé"

Vougar Aslanov:

Vougar Aslanov wurde 1964 in Geranboj (Aserbaidschan) geboren. Er studierte Literaturwissenschaft an der Staatsuniversität von Baku. Nach seinem Studium 1990 war er für verschiedene Zeitungen in Baku tätig. 1995 gründete er die literarische Zeitung „Kompass", 1996 die Informationsagentur „Samt."

1997 wurde in Baku sein Erzählband „Der Milchmann", 1999 sein zweites Buch „Ein amerikanischer Spion in Aserbaidschan" veröffentlicht. Seit 1998 lebt er in Deutschland.
Hier setzte er seine schriftstellerische und journalistische Tätigkeit fort. Seine Artikel wurden in den Zeitschriften „Wostock" und „Kulturaustausch", „Frankfurter Neue Presse", „Frankfurter Rundschau", „Neues Deutschland", „taz" und viele mehr sowie in Österreich und der Schweiz veröffentlicht.
Aslanov hält auch Vorträge über die wirtschaftliche und politische Situation Russlands, im Kaukasus, in Zentralasien usw.
Auch seine Autorenlesungen in vielen Städten sind immer gerne besucht.

2007 wurde beim Berliner Verlag „Wostock" sein Erzählband „Auf den Baumwollfeldern" herausgebracht und im Jahr 2011 wird bei demselben Verlag sein Roman „Die verspätete Kolonne" erscheinen.

Vielen Dank!

Das der Wettbewerb „Junge Autoren" durchgeführt werden konnte und dieses Buch entstand, haben wir vielen Helfern und Spendern zu verdanken.

An dieser Stelle möchte ich mich somit auch einmal bei:

**Dem Lokalanzeiger in Bad Camberg,
der Nassauischen Neuen Presse,
dem Bürgermeister und dem Magistrat der Stadt
Bad Camberg,
der Kreissparkasse Limburg,
der Nassauischen Sparkasse,
der Firma Deutschmann Automation in
Bad Camberg,
der Firma Schmitt, Alfons „Baggerarbeiten &
Landschaftsbau" in Bad Camberg,
der Fahrschule Lottermann in Bad Camberg,
der Buch- und Schreibwarenhandlung Szabo in Bad
Camberg
und nicht zuletzt bei Frau Annette Hönscher
„Lernen für`s ich"**

ganz herzlich bedanken!!!

(Karlheinz Sellheim, „Camberger Lesecafé")

Vorwort

Im Jahr 2009 haben Bad Camberger Autoren das „Camberger Lesecafé" gegründet.
Zum Einen als kulturelle Bereicherung und zum Anderen als Plattform für Autoren, um Ihre Werke und Geschichten vortragen zu können.

Schreiben kann viel bewirken. So kann es unter anderem dabei helfen Erlebnisse, seien sie positiver oder negativer Natur, zu verarbeiten. Man kann seiner Fantasie freien Lauf lassen oder aber sich in schriftlicher Form sehr gut mitteilen.

Im Zeitalter des Internet und der Computerspiele hat das Buch einen schweren Stand.

Im Sommer 2010, zum ersten Geburtstag des „Camberger Lesecafé", wurde in diesem Rahmen ein Schreibwettbewerb für jugendliche Talente ausgeschrieben, um so die Kinder und Jugendlichen wieder näher an die Thematiken Schreiben und Buch sowie Geschichten erzählen heran zu bringen.
So beteiligten sich dann auch Bad Camberger Kinder und Jugendliche im Alter von 9 bis 16 Jahren.

Die besten Beiträge dieses Wettbewerbs sind in diesem Buch **„Wie das Leben so spielen kann!"** zusammen gefasst.

Wir wurden also bestätigt, uns dieser Begabung jugendlicher anzunehmen und mit dem ausgeschriebenen Wettbewerb zu fördern.

Kurzgeschichten, unter anderem über Freundschaft oder fantasiegeladene Beiträge, gab es zu beurteilen und zu lesen.

Wir denken, dass die getroffene Auswahl an Kurzgeschichten in diesem Sammelband nicht nur Kinder und Jugendliche sondern auch Erwachsene in ihren Bann ziehen und mit spannender Unterhaltung fesseln können.

Da man in den Medien zuletzt viel über Jugendliche hören konnte freut es uns umso mehr, dass wir doch auch Ehrgeiz und Initiative im kulturellen Bereich durch den Autorennachwuchs erfahren konnten.

Aber nicht nur hier, sondern auch im sozialen Bereich erleben wir immer wieder viel Einsatz durch unsere Jugend, der an dieser Stelle auch einmal sehr positiv herausgestellt werden muss und unseren Dank verdient!
Alle über den berühmten einen Kamm zu scheren, wie es zum Teil geschieht, ist absolut fehl am Platz!
Sehr viele Jugendliche haben uns das in jüngster Vergangenheit eindrucksvoll bewiesen.

Vielleicht war der Wettbewerb ein Anstoß, und wir bekommen in Zukunft noch viele spannende Geschichten zu lesen. Ich persönlich freue mich schon jetzt darauf.

Für das „Camberger Lesecafé"
(Karlheinz Sellheim)

Nun sollen aber die Jugendlichen

mit ihren Geschichten

zu Wort kommen!

Gwendolyne

„Bitte, bitte, Mama, lass mich doch." Ich flehe richtig. „Die Therapeutin hat doch auch gesagt, dass es sicher helfen wird." Verzweifelnd blicke ich meine Mutter an. „Nein, Sophie, mir ist das zu gefährlich. Pferde sind große Tiere. Wer weiß, was dir alles passieren wir!?"
Ich rolle davon. Seit einem Jahre sitze ich nun schon im Rollstuhl und bin auf andere angewiesen. Meine Beine sind gelähmt, da ich einen schweren Unfall hatte. Ich war mit meinem Fahrrad auf dem Nachhauseweg, als ich plötzlich von einem Sportwagen erwischt wurde. Der Fahrer wurde nie gefasst. Jedenfalls kann ich mich an die zwei darauffolgenden Wochen nicht erinnern; ich lag im Koma.
Als ich aufwachte, spürte ich sofort, dass etwas nicht stimmte, doch ich wusste nicht, was es war. Meine Eltern saßen neben mir am Bett, um sie herum lauter Geräte, die mich, während der Zeit im Koma, am Leben erhalten haben. Kurze Zeit später kam der Arzt und meinte ich hätte einen schweren Unfall gehabt, wo meine Nerven gequetscht worden waren, und er fragte mich, ob ich meine Beine bewegen könnte. Es ging nicht. Von da an wusste ich, was es war.
Ich weiß noch genau, dass ich anfing zu schreien. Der Arzt versucht mich zu beruhigen: „Es könnte sein, dass sich die Nerven erholen und du wieder laufen kannst." Auch meine Mutter wollte mir helfen: „Wir schaffen das schon. Mach dir mal keine Angst."
Das ist, wie gesagt, jetzt ein Jahr her. Doch geändert hat sich nichts. Meine Eltern und ich haben schon alles versucht: Gymnastik, Urlaub, Wärme und was weiß ich noch, aber nichts hat geholfen.

Ich rolle in mein Zimmer und vergrabe das Gesicht in meinen Händen. Gleich darauf fange ich auch schon an zu weinen.
„Warum kann sie mich nicht verstehen?", schluchzte ich.
Ihr müsst wissen, ich liebe Pferde über alles und eigentlich sollte ich vor einem Jahr auch endlich mit dem Reiten anfangen. Ich hatte meine Eltern endlich dazu gebracht, es mir zu erlauben, als dieser blöde Unfall dazwischen kam. Mein ganzes Leben hat er zerstört!! Nun versuche ich meine Eltern wieder zu überreden reiten zu gehen, denn ich habe im Internet recherchiert und herausgefunden, dass es in unserer Nähe „pädagogisches Reiten" gibt. Es soll Gelähmten oder anderen Behinderten helfen, wieder mehr Selbstbewusstsein zu erlangen und kann sogar zu einer Heilung führen.
Es kommen immer mehr Tränen. „Ich hasse euch!", schreie ich durch das ganze Haus.
Es ist meine Mutter.
„Lass mich in Ruhe!", schreie ich. Sie wartet noch einige Minuten, dann geht sie wieder.
Etwas später klopft es an meiner Tür. „Sophie, darf ich reinkommen?"

Am Abend höre ich, wie mein Vater nach Hause kommt.
„Hallo Schatz", begrüßt er meine Mutter, „wie geht's Sophie?"
„Sie ist in ihrem Zimmer und lässt niemanden an sich heran. Wir haben vorhin wieder einmal über ihre Idee, reiten gehen zu wollen, gestritten. Sie will es unbedingt, aber ich habe einfach zu viel Angst um sie."
Beide gehen in die Küche.
Leider kann ich sie jetzt nicht mehr hören.
„Sophie, kommst du Abendessen?"

Das war mein Vater. Ich antworte nicht. Eigentlich will ich nicht kommen, aber mein Bauch knurrt wie verrückt. Also was bleibt mir anderes übrig. Langsam komme ich in die Küche gerollt „Hallo Papa", sage ich. Er schaut mich an, „Hey Schatz, hattest du einen schönen Tag?"
Ich mache nur „Mhm".
Schweigend sitzen wir da und essen. Wie jeden Abend esse ich ein Körnerbrot mit Edamer. Ich liebe diesen Käse. Als ich fertig bin, will ich wieder in mein Zimmer.
„Ähm, Sophie. Warte noch mal. Wir müssen mit dir reden."
Ich überlege. Vielleicht haben sie doch entschieden, dass ich reiten darf? „Was denn?"
Ich schaue erst meine Mutter, dann meinen Vater an.
„Wir wissen, dass du dir nichts sehnlicher wünschst, als reiten zu gehen. Wir finden es auch sehr mutig von dir. Aber wir haben zu viel Angst um dich. Wenn noch mal etwas passieren würde, könnten wir nicht damit fertig werden. Wir mussten schon einmal zwei Wochen Tag und Nacht um dich bangen. Du musst uns verstehen."
Peng!!
Ich habe mich geirrt. Sie werden es auch nie erlauben. Aber ich will mich nicht damit abfinden.
Wie heute Mittag schon, rolle ich wieder in mein Zimmer und knalle die Tür hinter mir zu. Ich schaue auf meinen Kalender. Noch neun Tage bis zu meinem Geburtstag. Vielleicht überlegen sie es sich ja doch noch einmal.
Sophie, sage ich zu mir selbst, finde dich damit ab. Pferde wirst du nur auf Postern, im Fernsehen oder aus dem Auto sehen können.
Ach ja, und auf der Weide um die Ecke. Reiten werden sie dich nie lassen!

Immer noch verzweifelt und den Tränen nahe, rolle ich ins Bad und putze mir die Zähne. Mama kommt und hilft mir, mein Nachthemd anzuziehen. Schlafanzüge sind zu schwer anzuziehen.
Zwar hat meine Therapeutin mir auch gezeigt, wie das geht, aber dazu habe ich einfach keine Lust. Schließlich geht es ja auch einfacher.
Als ich fertig bin, rolle ich zurück in mein Zimmer und Mama hilft mir in mein Bett. Müde und erschöpft liege ich da. Wie schön wäre es doch, wenn ich reiten könnte, ist mein letzter Gedanke. Dann schlafe ich ein.

Lachend sitze ich auf einem tiefschwarzen Rappen. Zusammen galoppieren wir über eine kleine Blumenwiese. Ich fühle mich, als würde ich fliegen. Irgendwann steige ich ab und lege mich in die Blumen. Ich schlafe ein.

„Drinng, drinng!"
Ich schrecke hoch. Wo bin ich? Wo sind die schönen Blumen und der Rappe? Ganz langsam begreife ich, dass ich das alles nur geträumt habe, denn ich liege in meinem Bett und nicht in den Blumen. Schade!

Meine Mutter kommt herein. „Guten Morgen, Sophie", sagt sie während sie die Rollladen hochzieht. Die Sonne scheint und blendet mich. „Hast du gut geschlafen?" Ich blinzele und drehe den Kopf, damit die Sonne nicht in mein Gesicht scheint.
„Super Mama. Ich hatte einen wunderschönen Traum."
Sie lacht mich an. „Ja? Erzähl mal."
Während sie mir hilft mich anzuziehen, erzähle ich ihr von „meinem" Rappen und der Blumenwiese.
Meine Mutter schüttelt den Kopf.

„Die Pferde wirst du wohl nie aus deinem Kopf bekommen, oder?", sagt sie als sie wieder in die Küche verschwindet.
Damit hat sie Recht. Was kann ich denn dafür? Ich liebe Pferde nun mal.

Mein Blick fällt wieder auf meinen Kalender. Noch acht Tage. Ich nehme mir vor, mich in den nächsten Tagen zu bemühen, nicht mehr von Pferden zu sprechen und auch ganz lieb zu sein. Etwas Hoffnung habe ich ja noch, dass sie es mir doch noch erlauben. Erlauben, zu reiten.
Ich denke wieder an meinen Rappen und die Blumenwiese. Wie schön wäre es doch, wenn es die Wirklichkeit wäre. Mein Leben wäre doch so viel einfacher.
Eine halbe Stunde später klingelt es an der Tür. Ich rolle ins Wohnzimmer.
„Guten Tag Frau Zink, Sophie wartet schon im Wohnzimmer", begrüßt meine Mutter den Besuch.
Frau Zink ist meine Privatlehrerin, sie kommt alle zwei Tage und wir nehmen den Stoff aus der Schule durch, weil es hier in der Gegend keine Behindertenschule gibt. Aber nur die wichtigsten Fächer, sonst wäre ja nicht genug Zeit.
Ich sitze jedenfalls schon im Wohnzimmer und warte. Frau Zink tritt ein. „Hallo Sophie, alles klar?" Ich nicke. „Schön, dann fangen wir mal an."
Ich kann mich nicht konzentrieren. Immer wieder drängt sich der Rappe zwischen die Buchstaben und Zahlen.
„Sophie, du musst dich schon konzentrieren, sonst wird das nichts. Also noch einmal."
Nach zwei weiteren Stunden sind wir endlich fertig, doch irgendwie kann ich mich kaum an etwas erinnern.
„Tschüss, bis übermorgen." Frau Zink verabschiedet sich. Als sie schon längst aus der Tür ist, sage auch ich endlich: „Bis dann!"

Meine Mutter kommt zu mir. „Na, wieder fleißig gelernt? Komm, es gibt Essen. Dein Lieblingsessen. Spaghetti mit Tomatensauce." Ich strahle, denn das muntert meine Stimmung wieder etwas auf.

Nach dem Mittagessen rolle ich auf die Terrasse. Hier ist mein Lieblingsplatz. Die Sonne scheint und ich schreibe an meinem Buch weiter. Es heißt „Lass dich nicht unterkriegen" und es erzählt mein Leben. So halte ich meine Erlebnisse fest, kann meine Gedanken niederschreiben und helfe anderen, die in der gleichen Lage wie ich sind.
Heute schriebe ich meinen Traum auf. Ich denke immer wieder darüber nach. Es ist bestimmt ein Omen. Wenn ich meine Eltern doch davon überzeugen könnte, mich reiten zu lassen.

Ich entscheide mich dafür, erst einmal weiter abzuwarten, ob sie es mir nicht doch zum Geburtstag schenken.
Ich stelle mir vor, wie ich an meinem Geburtstag am Küchentisch sitze, den Brief aufmache und nicht glauben kann, dass ich da lese, dass ich Reitstunden bekomme. Ich schweife schon wieder ab und muss grinsen.
Naja, ich habe mir schließlich nichts anderes gewünscht! Und wenn ich es doch nicht bekomme, kann ich ja immer noch weiter diskutieren.
Glücklich über diese Lösung hole ich mir Papier und Stifte und fange an, mir mein Deckblatt für mein Buch zu malen. Gerade als ich fertig geworden bin, höre ich meinen Vater nach Hause kommen. Heute ist Mittwoch, da kommt er immer etwas früher.
„Hallo Papa!", rufe ich und rolle ihm entgegen. Er lächelt. „Hey, meine Süße", sagt er und umarmt mich. „Hattest du einen schönen Tag?" Ich nickte.

„Schau mal, mein Deckblatt", sage ich und zeige ihm mein Gemälde. „Wow, das sieht toll aus." Ich freue mich, dass es ihm gefällt.
„Wollen wir noch etwas zusammen unternehmen? Ich habe Zeit.", fragt er mich dann. Ich bin begeistert. „Super! Wollen wir ein Stück spazieren gehen?"

Zehn Minuten später sind wir unterwegs ins Grüne. Ich rolle voran, denn ich habe ein bestimmtes Ziel. Die Weiden des Regenbogen-Reiterhofs, um die Pferde zu sehen.
Mein Vater lacht. „Sophie, fahr etwas langsamer. Ich komme gar nicht hinterher. Außerdem ist mir eh klar, wo du hin willst."
Verdammt, ich wollte doch „rein zufällig" dort vorbeikommen. Naja.
Da sehe ich sie schon. Lauter Ponys in allen möglichen Farben stehen Schatten suchend unter einem Apfelbaum und fressen Gras. Ich pfeife. Sie kommen angetrabt. Sie kennen mich schon, denn ich komme öfters hierher. Manchmal bringe ich ihnen auch einen Apfel oder eine Möhre mit, die ich mir aus der Küche geklaut habe.
Mein Vater ist erstaunt. Ich glaube, er weiß nicht, was er sagen soll.
Ich strahle und fühle mich toll. Hier draußen bin ich glücklich. Da ist es auch egal, ob ich im Rollstuhl sitze oder nicht. Dann streichele ich den Ponys über die Stirn. Ich spüre die Energie der Ponykörper. Es fühlt sich an, als tanke ich neue Kraft in der Nähe von Ponys oder Pferden.
„Sophie, wir müssen wieder zurück. Mama wartet mit dem Abendessen."
Ich habe gar nicht gemerkt, dass die Zeit so schnell vorbei gegangen ist. Papa hat mich ganz aus meinen Gedanken geholt. Ich seufze. „Jetzt schon?"

Papa sieht mich an. „Ja. Wir können ja morgen wiederkommen, wenn du magst. Morgen habe ich frei."
„OK", antworte ich und bin so froh, dass er frei hat.
Papa hat meistens nur sehr wenig Zeit und ich freue mich immer, wenn er mal zu Hause ist und wir was zusammen unternehmen.
Schweigend gehen wir wieder nach Hause. Mama hat schon den Tisch gedeckt. Wir essen auf der Terrasse. Auch heute esse ich mein Edamer-Brot.
Danach bleiben wir noch eine Weile zusammen sitzen und spielen Mensch-ärgere-dich-nicht. Ich gewinne, auch wenn ich nicht so viel Lust hatte.
Als ich später mit geputzten Zähnen und im Nachthemd im Bett liege denke ich, dass heute ein schöner Tag war. Ich versuche mich zu erinnern, wie ich beim Spielen gewonnen habe. Immer Schritt für Schritt. Erst den Einen rausgeworfen, dann den Anderen. Mir wird klar, dass ich so vieles erreichen kann. Bestimmt auch meine Eltern davon zu überzeugen, dass ich reiten darf. Auch hier werde ich Schritt für Schritt vorgehen. Gleich morgen werde ich im Internet weitere Informationen raussuchen und sie beim Essen oder zwischendurch mal erwähnen, bis sie es mir hoffentlich doch noch erlauben. Glücklich über diesen Einfall schlafe ich ein.

Am nächsten Tag werde ich gegen 9 Uhr lächelnd wach. Ich habe wieder von dem Rappen und der Blumenwiese geträumt. Vorsichtig versuche ich, mich in meinen Rollstuhl zu setzen. Ich falle fast auf den Boden und beschließe, es nicht mehr zu versuchen.
Endlich schaffe ich es dann aber doch. Ich ziehe die Rollladen hoch. Dann rolle ich in die Küche, denn irgendwie habe ich einen Bärenhunger.

Meine Mama ist nicht da. „Mama", schreie ich laut, aber ich bekomme keine Antwort.
Ich überlege, wo sie sein könnte. Da fällt mir ein, dass heute Donnerstag ist und sie dann immer einkaufen geht. Also mach ich mir mein Müsli selbst und löffle dieses. Ich denke darüber nach, wie ich es wohl hinbekommen könnte, mich ganz allein anzuziehen. Das klingt jetzt vielleicht etwas komisch und sicherlich hätte ich früher auch gelacht, wenn das jemand zu mir gesagt hätte, dass er sich mit 12 noch nicht alleine anziehen kann, aber heute weiß ich, dass es verdammt schwer ist, wenn man im Rollstuhl sitzt und auch seine Beine nicht bewegen kann!
Ich frage mich, wo Papa ist, er hat doch heute frei. Ich will aber nicht auf ihn warten, denn ich habe etwas vor.

Nach einer geschlagenen Stunde und viel Anstrengung, habe ich es endlich geschafft, das Nachthemd aus- und ein T-Shirt und einen Rock anzuziehen. Ein Glück ist es Sommer!
Ich beschließe, meiner Mama einen Zettel auf den Küchentisch zu legen: „Liebe Mama, ich bin spazieren gegangen. Bin zum Mittagessen wieder da. Mach dir keine Gedanken. ♥ Sophie."
Ich schnappe mir einen Apfel und rolle los.
Ich bin froh, dass wir hier nach Norddeutschland gezogen sind, denn hier ist alles eben und ich komme mit dem Rollstuhl super überall hin. Und das so ziemlich ohne Hilfe. Außerdem riecht man die Meeresluft. Ich liebe das Meer!

Nach circa zwanzig Minuten bekomme ich die Ponys zu sehen. Heute muss ich noch nicht mal pfeifen, sie kommen gleich angetrabt. Ich gebe meinem Lieblingspony, einer dunkelbraunen Stute, den Apfel und fühle mich gut. Hier vergesse ich sogar, dass ich im Rollstuhl sitze.

Viel zu schnell ist es Mittag und ich muss nach Hause, sonst macht sich meine Mutter doch noch Sorgen. „Bis morgen ihr Süßen!", rufe ich.

Zu Hause wartet meine Mutter schon. „War's schön?", fragt sie. „Ja, heute ist voll schönes Wetter. Was gibt es zu Essen?" Mama lacht. „Milchreis und Erdbeeren aus dem Garten." Mhm, mein zweites Lieblingsessen!
Als ich mich an den Küchentisch rolle, kommt auch Papa nach Hause. „Wo warst du?" Er hat doch frei. „Ich war bei Udo. Du weißt schon, der, mit dem ich immer Angeln gehe." Angeln, das ist Papas Hobby. Echt langweilig!
Beim Essen fällt mir wieder ein, dass ich ja heute noch mehr Informationen über das therapeutische Reiten raussuchen wollte. Ich kann es kaum erwarten, bis wir fertig sind. „Alles in Ordnung?", fragt mich meine Mutter. „Du bist so aufgedreht…"
Warum merken Eltern immer alles?
„Ja klar. Ich will nur mein Buch fertig lesen. Es ist so spannend. Ich gehe in mein Zimmer."
Das ist voll die blöde Ausrede, aber zum Glück sind meine Eltern jetzt in ein Gespräch vertieft und merken nichts. Sie haben wahrscheinlich schon vergessen, was ich eben gesagt habe.
In meinem Zimmer fahre ich gleich meinen Computer hoch und logge mich ins Internet ein. Ich bin echt froh, dass ich seit letztem Weihnachten einen eigenen Computer habe, und nicht den im Wohnzimmer nehmen muss.
Bei Google gebe ich therapeutisches Reiten ein. Ich klicke auf die erste gefundene Seite. Ein Zeitungsartikel erscheint. „Therapeutisches Reiten, Hilfe für Gelähmte."
Klingt interessant.

Er handelt von einem Mädchen, das ähnlich wie ich einen Unfall hatte und durch das Reiten und ihre Liebe zu Pferden wieder gelernt hat zu laufen.
Ich lese ihn dreimal durch. Ich weiß, dass auch bei mir die Chance besteht und es wäre mein größter Traum wieder unabhängig zu sein und wie die anderen herumtollen zu können. Ich muss es einfach schaffen. Noch eine Woche, sieben Tage, dann ist mein Geburtstag. Und da will ich Reitstunden bekommen! Ich will, ich will, ich will!
Ich fahre den Computer wieder runter. „Gut", denke ich, „Heute Abend fange ich an."

Beim Abendessen überlege ich fieberhaft, wie ich anfangen soll. Papa scheint etwas zu merken. „Was überlegst du denn Sophie?", fragt er auch gleich. Das ist meine Chance! „Ähm, ich bin heute im Internet auf einen Zeitungsartikel gestoßen", meine ich. „Und?", meint Papa. „Naja, da war ein Mädchen, ihre linke Körperhälfte war gelähmt." Meine Eltern schauen mich an. Ich fahre fort. „Sie hat therapeutisches Reiten bekommen und schon nach einem halben Jahr konnte sie ihren linken Arm wieder bewegen."
Jetzt schaltet sich auch Mama in unser Gespräch ein. „Und warum erzählst du uns das?" Verstehen sie das wirklich nicht? Jetzt hilft nur noch die Flucht nach vorne.
„Naja, ich dachte, bei mir könnte es vielleicht auch was bringen. Ach Mama, ich verstehe, dass du Angst hast, aber es ist mein Leben, das sich verbessern könnte. Bitte!"
Ich wollte nicht laut werden, aber es war zu spät. Ich habe einfach keine Lust mehr untätig herumzusitzen und so hilflos zu sein!
„Nein und dabei bleibt es. Schluss jetzt! Geh auf dein Zimmer. Morgen hast du wieder Unterricht, da musst du ausgeschlafen sein."

Am liebsten würde ich wieder meine Tür zuknallen, aber ich versuche mich gut zu benehmen und mache sie normal zu. Mist! Mein schöner Plan funktioniert so nicht!
Mit Müh` und Not ziehe ich mich ein zweites Mal an diesem Tag aus und wieder an. Später liege ich im Bett und grübele. „Ob das Mädchen auch so Probleme hatte, wie ich?", überlege ich. Doch bevor ich über eine passende Antwort nachdenken kann, fallen mir meine Augen zu und ich finde mich in einem Traum wieder.

„Startnummer 15, Sophie Gast auf Sommertraum."
Ich galoppiere los. Ich durchbreche die Zeitschranke. Das erste Hindernis, ein 1,20m-Sprung. Geschafft. Über das nächste und das übernächste Hindernis fliegen wir nur so. Ich sende Sommertraum ein „Danke" zu! Als nächstes kommt der Oxer. Ich muss aufpassen, alle anderen hatten hier Schwierigkeiten. Doch das ist gar nicht nötig. Ehe ich bis 10 zählen kann, sind wir schon drüber. Noch drei Sprünge, dann haben wir es geschafft.
Noch zwei.
Als letztes eine In und Out Sprung. Sommertraum landet perfekt, ein Galoppsprung, er springt neu ab. Geschafft! Wir donnern über die Ziellinie, 45,67 Sekunden und null Fehler! Jippie!
Die restlichen Teilnehmer nehme ich kaum war, warte nur auf das Endergebnis. Endlich ist es soweit. Was mache ich, wenn ich es nicht geschafft habe? Wenigstens eine Medaille hätte ich gerne. „Dritter Platz, Sina Lukasen auf Cobalt." Oh, es fängt an. Alle klatschen. Oh nein! „Zweiter Platz, Sebastian Karsten auf Pegasus." Wieder klatschen alle. Ich halte die Luft an. „Und der erste Platz geht an Sophie Gast auf Sommertraum. Herzlichen Glückwunsch!" Getose bricht aus. Ich kann es nicht fassen.

Und ich fange wieder an, zu atmen. Glücklich falle ich Sommertraum um den Hals.
Da höre ich meine Mutter rufen: "Sophie, komm!"
Ich will nicht, ich brauche noch meinen Pokal!

Ich schrecke hoch. „Na, wirst du heute auch noch mal wach?"
Meine Mutter lächelt mich an. Es sieht so aus, als hätte sie den Streit von gestern Abend vergessen. Ich habe wieder mal geträumt. Wie schade, Sommertraum war so ein schönes Pferd! Verschlafen reibe ich mir die Augen. „Was ist denn? Ich habe grade so schön geträumt!", frage ich müde meine Mutter. „Wir machen einen Ausflug zu Oma. Wir haben sie so lange nicht mehr gesehen! Komm ich helfe dir." Und bin verwirrt. „Und was ist mit dem Unterricht. Frau Zink kommt doch heute."
„Ich habe gerade mit ihr telefoniert. Sie ist krank und kann erst nächste Woche wieder kommen."
Na super, seltsamerweise finde ich das total schrecklich! Ich habe gar keine Lust zu Oma zu fahren. Ich will doch zu meinen Pferdchen! Ich versuche zu protestieren, aber meine Mutter bleibt stur. „Du kommst mit!" Sie hilft mir mich anzuziehen.

Im Auto, auf dem Weg zu meiner Oma, schaue ich aus dem Fenster. Alles grüne Wiesen, kein einziger Baum oder Tier. Wie langweilig! Seufzend hole ich mein Buch aus der Tasche und fange an zu lesen. „Mein magisches Pony" heißt es und handelt von einem Mädchen, das ein Pony besitzt, das fliegen kann. Ich bin so vertieft ins Lesen, dass ich gar nicht bemerke, dass wir schon angekommen sind.
Meine Oma wohnt in einem kleinen, gelb gestrichenen Haus mit geblümten Vorhängen. Ich mag dieses Haus, weil es eine gewisse Wärme ausstrahlt.
Da öffnet sich die Tür und meine Großmutter tritt hinaus. Sie hat uns wohl schon gehört.

„Hallo, alle zusammen!", ruft sie. Ich fahre ihr entgegen und sie nimmt mich in den Arm.
Auch wenn ich keine Lust habe hier zu bleiben, habe ich meine Oma lieb.
Zusammen gehen wir rein.

Meine Oma hat Abendessen gekocht, es gibt Frikadellen und Kartoffeln.
Als meine Eltern noch einen kleinen Spaziergang machen, erzähle ich Oma von meiner Idee, reiten gehen zu wollen. Auch von dem Artikel im Internet. Sie sagt, sie habe keine Ahnung von Pferden, meint aber, dass das schon klappen wird.
Ich wäre ja so überzeugt.
Wenigstens eine, denke ich. Da habe ich eine Idee.
„Oma, kannst du nicht mit mir zum Reiten gehen?", frage ich sie und setze mein Bitte-Bitte-Gesicht auf.
Ihr müsst wissen, meine Oma ist noch so fit, dass es ihr keine Probleme bereiten würde, mit mir zum Reiten zu gehen.
Ich merke, wie sie überlegt. „Darüber muss ich erstmal nachdenken, Sophie. Du weißt, wir würden deine Eltern ganz schön hintergehen und deshalb werde ich erstmal eine Nacht darüber schlafen." Immerhin ein Hoffnungsschimmer!
In diesem Moment kommen meine Eltern zurück. „Sophie, wir bleiben heute Nacht bei Oma, wenn sie nichts dagegen hat. Wir sind so müde, dass wir nicht mehr zurückfahren wollen, und ich habe mir morgen noch mal frei genommen.", erklärt mir Papa.
Oma hat natürlich nichts dagegen einzuwenden. Mir ist das ganz Recht, dann kann ich sie vielleicht noch weiter überzeugen.
Aber heute nicht mehr, denn ich merke, dass es wirklich schon spät ist und auch ich müde bin.

Ich beschließe ins Bett zu gehen. „Gute Nacht", verkündige ich und mache mich auf den Weg in Mamas altes Kinderzimmer, wo ich immer schlafe, wenn ich bei Oma bin.
Mama kommt noch mal und hilft mir.
Als ich im Bett liege, bin ich auf einmal wieder hellwach.
„Und was jetzt?", frage ich mich. Ich greife mein Buch aus der Tasche und lese weiter.

Ich reite auf einem wunderschönen Schimmel, der mit wehender Mähne über die Wiese galoppiert. Er wird immer schneller. Plötzlich merke ich, wie der Boden sich immer weiter entfernt. Wir fliegen!
Es ist ein unbeschreibliches Gefühl die Welt mal von oben zu sehen. Alles ist so klein!
Ich klopfe dem Pony den Hals. „Ich hab dich lieb", flüstere ich ihm ins Ohr. „Ganz dolle."
So erleichtert war ich noch nie in den letzten Wochen. Ich vergesse, dass ich eigentlich im Rollstuhl sitze und von allen bekümmert werde. Ich bin ich, das ist wunderschön.

Als ich am nächsten Morgen aufwache, liegt mein Buch zugeklappt auf dem Boden. Also habe ich das doch alles nur geträumt. Irgendwann wird es wahr werden, denke ich und wieder einmal klettere ich in meinen Rollstuhl.
Nachdem ich es endlich geschafft habe, rolle ich in die Küche, wo alle schon um den gedeckten Frühstückstisch sitzen. Alle gucken mich an. Das hat mir gerade gefehlt!
„Warum bist du noch nicht angezogen?", fragt meine Mutter.
Im ersten Moment bin ich geschockt, dann werde ich wütend. Was denkt sie sich?!
„Weil ich vielleicht im Rollstuhl sitze? Weil ich meine Beine nicht bewegen kann? Weil…", weiter komme ich nicht.
„Ist ja gut, Sophie."

Komm erstmal frühstücken und hör` auf zu weinen. Alles wird gut!"
Meine Oma versucht mich zu trösten. Ich habe gar nicht bemerkt, wie die Tränen kamen. Alles wird gut, die hat leicht reden. Ich rolle an den Tisch und mache mir ein Brötchen. Wenigstens gibt es Omas Himbeermarmelade, lecker!
Nach dem Frühstück kommt Mama mit in „mein" Zimmer und hilft mir, mich anzuziehen. Wir beide schweigen. Nach einiger Zeit kann ich es nicht mehr ertragen. „Mama…, es tut mir Leid. Ich hätte nicht schreien sollen. Aber ich will nicht immer so abhängig sein! Immer muss mir jemand helfen. Es ist so schrecklich." Ich schaue meine Mutter an. Sie hat Tränen in den Augen. „Nein Sophie, mir tut es Leid. Ich hätte dich besser verstehen sollen." Sie steht auf und geht. Und jetzt?!
Ich beschließe noch mal rauszugehen. Frische Luft ist immer etwas, was mir hilft. Draußen überlege ich, ob meine Mutter wohl sauer ist. Aber irgendwie glaube ich das nicht. Ich vermisse meine Pferde. Sie haben mich immer verstanden, egal was ich gedacht habe. Warum mussten wir nur hierher fahren?
Nach einiger Zeit höre ich meinen Vater rufen. „Sophieee! Wir fahren!"
Hat er meine Gedanken erraten? Erleichtert rolle ich zum Haus zurück. Das Auto ist schon gepackt, wir hatten ja auch nicht viel dabei. Ich verabschiede mich von Oma. Als sie mich umarmt, flüstert sie mir ins Ohr: „Ich rufe dich heute Abend noch mal an."
Ich bekomme Hoffnung. Ob sie doch mit mir reiten gehen will?
Die Heimfahrt dauert nicht so lange, wie die Hinfahrt. Ich überlege, wie sich Oma entschlossen hat.
Zu Hause warte ich ungeduldig auf Omas Anruf. Endlich ist es so weit. Das Telefon klingelt.

Schnell hebe ich ab und rolle in meine Zimmer. „Hallo, hier ist Sophie."
„Hallo Sophie. Seid ihr gut zu Hause angekommen?" Die übliche Frage, ach Oma! „Ja Oma, alles super. Es gab keine Probleme." Ich höre sie Luft holen. „Sophie, ich habe über deinen Vorschlag nachgedacht…", ich halte die Luft an, „und ich bin zu dem Entschluss gekommen…", Ja?", „dass ich es nicht mache. Ich würde deine Eltern zu sehr hintergehen und das will ich nicht." Ich merke, wie mir die Tränen in die Augen schießen. Nein! nein, nein, nein… „Sophie, bist du noch dran?", fragt Oma durch en Hörer. „ Ja, aber ich brauche meine Ruhe, Tschüss." Ich lege auf. Es ist mir egal, was sie denkt. Ich bin total traurig. Langsam gebe ich die Hoffnung auf. Ich lege mich mit letzter Kraft in mein Bett und lasse den Tränen freien Lauf.

Als ich wieder aufwache, ist es hell. Ich muss wohl eingeschlafen sein. Aber das ist jetzt auch egal. Die Rollladen sind noch offen und ich sehe, dass es regnet. Na toll! Dann kann ich heute schon wieder nicht zu den Pferden!
Zehn Minuten später kommt meine Mutter ins Zimmer. „Guten Morgen. Alles Ok? Du warst gestern schon so früh im Bett."
Da fällt mir wieder alles ein. Ich nicke nur, denn ich bin unfähig, etwas zu sagen. Ich habe so einen Kloß im Hals. Ich schlucke erstmal. Dann sage ich, dass es mir nicht gut gehe und ich lieber im Bett bliebe. Meine Mutter glaubt es mir. „Soll ich dir was zu Essen bringen?" Ich merke, wie mein Magen knurrt. „Ja, bitte." Meine Eltern sind doch nicht so schlimm.
Nach dem Frühstück im Bett geht es mir schon wieder etwas besser. Trotzdem kann ich noch nicht ganz realisieren, was Oma mir gestern gesagt hat, es war ein Schock. Was soll ich jetzt nur machen? Keiner will die Therapie versuchen!

Soll ich denn mein ganzes Leben verkümmern?!
Tausend Fragen gehen mir durch den Kopf. Ich versuche zu lesen, doch meine Gedanken schweifen immer wieder ab. Also liege ich nur da und schaue die Decke an.
Gegen Mittag kommt wieder meine Mutter. Sie will, dass ich mit mittag esse. Also setze ich mich mit ihrer Hilfe in den Rollstuhl und fahre in die Küche. Ich esse etwas. Wir schweigen uns an.
Irgendwann fragt meine Mutter, was denn los sei, aber ich sage nur, dass ich Kopfschmerzen habe und wieder ins Bett wolle. Während meine Mutter den Tisch abdeckt, fährt mein Vater mich in meine Zimmer und hilft mir wieder ins Bett. „Soll ich dir noch was bringen?", fragt er mich. „Nein, danke, ich möchte nur schlafen."
Leise verlässt er das Zimmer und ich liege wieder da. Ich würde gerne mit jemandem reden, aber in meiner Familie ist das Thema Reiten ja sehr heikel, und Freunde habe ich nicht. Mit jemandem im Rollstuhl will ja keiner mehr was zu tun haben. Wieder einmal muss ich selbst damit umgehen.
Ich nehme mir meinen Block vom Nachttisch und schreibe meine Gedanken nieder, das hilft wenigstens etwas. Und es ist ein Stück meines Lebens geworden. Ich merke nicht, wie die Zeit vergeht, aber plötzlich ist es dunkel.

Ich stelle mir vor, wie ich auf einem Pferd sitze und losreite, einfach in die Dunkelheit hinein. Immer weiter, immer weiter….
Ich komme wieder aus der Dunkelheit heraus, in einen Wald. Es ist so still und friedlich und ich genieße diese Ruhe. Ich spüre die Wärme des Pferdes und die Kraft seiner Bewegung. Es wird immer schneller und ich merke, wie meine Gedanken fortfliegen. Es gibt nur noch das jetzt und hier.

Als ich wieder wach werde, ist es hell. Wieder einmal habe ich geträumt. Aber tief in mir weiß ich, dass dieser Traum irgendwann wahr werden wird. Irgendwann.

Mein Magen knurrt. Ich habe Hunger. Schließlich habe ich seit gestern nichts mehr gegessen!
„Mama!!", schreie ich. Ich höre, wie sie kommt. „Na du, geht's dir wieder besser? Ich war gestern Abend noch mal bei dir, aber da hast du schon tief und fest geschlafen." „Ja, mir geht's wieder besser. Aber ich habe Bärenhunger." Meine Mutter lacht. „Na dann will ich den Bären retten und dir Frühstück machen." Sie hilft mir noch, mich anzuziehen und mir in den Rollstuhl zu klettern. Dann gehen wir in die Küche.
Sie holt Brot, Marmelade und Nutella sowie eine Tasse und Milch. Dann setzt sie sich zu mir.
Ich schmiere mir ein Brot und esse es genüsslich. Lecker! Nach zwei weiteren bin ich endlich satt. Ich trinke noch meine Milch, dann rolle ich auf die Terrasse. Zum Glück scheint die Sonne heute wieder! Schnell hole ich mir aus meinem Zimmer mein Buch und lese in der Sonne weiter. Doch irgendwann habe ich keine Lust mehr und sitze einfach da und genieße die Sonne. Plötzlich habe ich das starke Bedürfnis, zu meinen Pferden zu fahren. Meine Mutter ist von der Idee nicht allzu begeistert, lässt mich dann aber doch.
Endlich an der Koppel angekommen, muss ich nur eines der Ponys berühren, meinen braunen Liebling, und die Anspannung ist weg.
Es ist, als ob das Pony meine innere Unruhe aufgenommen hat. Unbeschreiblich!
So sitze ich noch etwas vor der Koppel bis ich merke, dass es Zeit fürs Mittagessen ist. Mein Vater wollte kommen und ich will, dass wir zusammen essen.

Der Terrassentisch ist schon gedeckt, als ich wieder zu Hause bin, und wir fangen an.
Nach dem Essen mache ich mit meinem Vater ein Puzzle. Auch das ist beruhigend und weil man so viel nachdenken muss, denke ich weniger an das Reiten.
„Was wünschst du dir eigentlich zum Geburtstag?", fragt mich plötzlich mein Vater. Als ob er das nicht wüsste! „Das weißt du doch. Mein einziger und sehnlichster Wunsch ist Reiten zu dürfen. Hier auf dem Hof in unserer Nähe."
Ich schaue ihm in die Augen. Ich glaube, er überlegt. „Mhm.", macht er nur. Wir puzzeln weiter.
Die Zeit vergeht wie im Flug und am Abend ist das Puzzle fertig. Warum funktioniert das Teilchenmodell nicht auch in meinem Leben?!
Wir essen noch zu Abend, dann gehe ich noch mal an den Computer und suche weiter nach Artikeln. Es gibt noch etliche weitere die zeigen, dass das therapeutische Reiten wirklich etwas bringt. Wenn das doch nur meinen Eltern klar wäre.
Meine Mutter bringt mich dann ins Bett und sagt mir gute Nacht.

Mein erster Gedanke, als ich aufwache ist, dass ich ja schon übermorgen Geburtstag habe. Irgendwie sind die Tage doch sehr schnell vorbei gegangen. Aber wenn ich doch nicht reiten gehen darf, habe ich eigentlich auch keine Lust Geburtstag zu feiern.
Ich schaue auf die Uhr. Es ist 9 Uhr, geht ja.
Da kommt meine Mutter ins Zimmer. Papa ist wieder arbeiten. „Sophie, komm, um 10 Uhr kommt Frau Zink. Sie ist wieder gesund und ihr habt viel aufzuholen." Na toll, denke ich, das kann ja ein schöner Tag werden! Ich ziehe mich mit meiner Mutter an und rolle in die Küche, um zu frühstücken.

Immerhin gibt es Brötchen. Ich esse ein Brötchen mit Nutella und kaue, und kaue, und kaue, ich hab` keine Lust zu lernen. Jedenfalls nicht bei Frau Zink. Sie ist immer so überfreundlich. Wie gern würde ich in eine normale Schule gehen! Wie gerne würde ich mit anderen Kindern Unterricht haben! Wenn ich nur endlich wieder laufen könnte!!
Punkt 10 Uhr klingelt es an der Tür. Es ist Frau Zink. Wir gehen wie immer ins Wohnzimmer, wo Mama schon meine Hefte hingelegt hat. Wir fangen mit Mathe an. Immerhin eines meiner Lieblingsfächer. Frau Zink erklärt mir die Prozentrechnung, doch ich höre nur mit einem Ohr zu. Sie erzählt irgendwas von einer Spülmaschine im Sonderangebot. Warum kann ich nicht mit Pferden oder wenigstens mit Sätteln rechnen?! Naja. Ich soll jedenfalls ausrechnen, wie viel die Spülmaschine kostet, wenn man 25% Rabatt bekommt. Also nehme ich den Stift in die Hand und fange an.
Ich merke, dass das Ganze doch gar nicht so schwer ist und bekomme das richtige Ergebnis heraus. Frau Zink ist begeistert. „Toll, Sophie", meint sie. Jaja, denke ich nur und frage mich, ob ich sonst so viel falsch mache?
Frau Zink macht jedenfalls weiter und ich rechne noch ein paar Aufgaben, bis wir zu Deutsch gelangen. Es ist schon 11 Uhr und somit das letzte Fach an diesem Tag. Zum Glück. Deutsch ist mein Lieblingsfach und ich finde es dann doch nicht so schlimm. Ich lese mit Frau Zink eine Geschichte und wir besprechen sie. Wer sind die Hauptpersonen und so was. Als Hausaufgabe soll ich eine Nacherzählung schreiben.
Als Frau Zink gegangen ist, fange ich direkt damit an. Glücklicherweise habe ich übermorgen Geburtstag und meine Mutter hat da den Unterricht abgesagt. Also habe ich erst wieder in drei Tagen. Trotzdem will ich die Aufgabe erledigt haben.

Bis zum Mittagessen bin ich fertig. Ich rolle in die Küche und wir essen Pfannkuchen. Lecker! Dann bin ich so satt, dass ich mich vor den Fernseher setze und durch die Programme zapfe. Es gibt nur Mist. „Mama", rufe ich. „kannst du mir eine DVD anmachen?"
Sie kommt und macht Pippi Langstrumpf an. „Danke", meine ich. Sie geht wieder.

Nach einer Stunde Pippi habe ich auch keine Lust mehr. Ich mache aus und überlege mir, dass ich noch mal zu den Pferden fahren könnte. Ich frage schnell Mama, die nicht begeistert ist, aber auch kein Argument hat nein zu sagen. Ich freue mich und fahre los.
Schon von Weitem höre ich meine Braune wiehern. Ein Glücksgefühl durchstrahlt mich. Sie erkennt mich also wieder! Am Zaun streiche ich ihr über den Stern. Wie gern würde ich auf ihr reiten lernen. Aber ob das geht?!
Ich bleibe noch einige Zeit am Zaun und überlege, warum eigentlich nie jemand da ist, wenn ich hier bin. Als hätte derjenige meine Gedanken gehört, steht plötzlich eine junge Frau hinter mir und fragt mich ganz nett, wer ich denn sei. Ich habe ein mulmiges Gefühl, antworte aber, dass ich Sophie heiße. „Hallo Sophie", sagt sie. „Ich heiße Tanja. Mir gehören die Meerschweinchen hier." Sie lacht. Das sind doch keine Meerschweinchen! Sie sieht wohl meinen nachdenklichen Blick, denn sie sagt: „Ich weiß, dass das Ponys sind. Aber sie machen sich immer so schmutzig. Deswegen nenne ich sie Meerschweinchen." Aha. „Warst du schon öfter hier?", fragt mich Tanja noch. Ich nicke. „Aber ich habe nie jemanden gesehen." Schnell füge ich noch hinzu: „Und auch nie was böses gemacht."
Ich sehe sie unschuldig an. Sie lacht wieder.

„Das war auch nicht böse gemeint. Die da freuen sich, wenn sie betüttelt werden. Und das du keinen gesehen hast liegt daran, dass wir Ferien haben, da sind die Reitstunden immer morgens."
Stimmt, da fällt es mir auch ein. Ich habe ja keine Ferien, aber die anderen Kinder in der Schule schon. Jetzt verstehe ich es.
„Und", fragt Tanja, „wolltest du auch mal reiten?" „Ja", antworte ich, „eigentlich schon, aber meine Eltern haben Angst. Angst, dass mit was passiert."
Irgendwie tut es gut, es mal jemand anderem zu erzählen.
„Aber da passiert doch nix. Hier reiten doch so viele Kinder, die Behinderungen haben. Viele haben schon einige Forschritte gemacht. Gib nicht auf", jetzt schaut sie mir in die Augen, „wenn du es von ganzem Herzen willst, dann schaffst du es."
Ich fühle, wie mein Ehrgeiz wieder erweckt wird. Ich werde es weiter versuchen.
Plötzlich stößt mich die Braune von hinten an. Sie will wohl auch wieder meine Aufmerksamkeit. Tanja grinst. „Wie ich sehe, habt ihr euch ja schon angefreundet." Jetzt muss auch ich grinsen. Ich sehe auf die Uhr und bemerke, dass es später geworden ist. „Ich muss nach Hause", sage ich und dann noch „Danke."
Auf dem kurzen Weg nach Hause merke ich, dass ich glücklich bin. Sie kennt mich. Meine Braune!

Auf der Terrasse ist das Abendessen schon gedeckt. Ich wasche mir noch schnell die Hände, dann geselle ich mich zu meinen Eltern. „Na, wieder da?", fragt Papa. „Jaaa." Mehr will ich nicht sagen. Auch er lässt es dabei. Wir essen.
Nach dem Essen, versuche ich es noch mal. „Ähm, ich hab doch übermorgen Geburtstag. Und naja ich wollt euch nur noch mal sagen, dass ich nur den einen Wunsch habe.

Also, dass ich reiten darf. Das ist bestimmt auch nicht so teuer. Und es machen doch so viele. Und es hilft bestimmt."
Mir kommen fast die Tränen und ich weiß noch nicht mal warum. Trotzdem wende ich mich ab und fahre in mein Zimmer. Ich glaube, ich muss alleine sein. So schön es heute war, es war doch zuviel. Ich lasse meinen Tränen freien Lauf. Nach ein paar Minuten kommt meine Mutter ins Zimmer. Zum Glück sagt sie nichts, sondern legt nur ihren Arm um mich. Es tut gut. Sie bringt mich ins Bett und unter Tränen schlafe ich ein.

Verschlafen reibe ich mir die Augen. Schon wieder ist ein neuer Tag und morgen ist es endlich soweit. Ich werde 12. Es wird bestimmt schön werden. Meine Eltern geben sich immer so viel Mühe, weil sie wollen, dass ich glücklich bin. Und wenn ich glücklich sein soll, schenken sie mir vielleicht doch ein paar Reitstunden. Ich hoffe es.
Ich rufe nach meiner Mutter, die mir wie jeden Tag aus dem Bett hilft und mir auch beim Anziehen zu Hilfe steht. Dann frühstücken wir. Schade, dass Papa so oft arbeiten muss. Aber weil Mama mir helfen muss, kann sie ja nicht arbeiten gehen und wir brauchen Geld zum Leben.
Zusammen mit Mama gehe ich jedenfalls erstmal einkaufen. Wir wollen mir einen Kuchen backen und ich soll mir das Mittagessen aussuchen. Ich freue mich, weil ich nicht oft einkaufen gehe und ich mir diesmal sogar etwas aussuchen darf.
Zum Glück haben wir einen kleinen EDEKA in unserem Wohnort und wir müssen nicht mit dem Auto fahren.
Wir gehen also los.
Ich suche mit die Zutaten für einen Käsekuchen heraus und zum Mittagessen will ich Lasagne.

Wir kaufen alles ein, bezahlen und gehen wieder. Zuhause kommt alles in den Kühlschrank.
Nachdem wir uns die Hände gewaschen haben, fangen wir an, den Kuchen zu backen. Ich liebe Kuchen backen! Ich darf kneten, rühren und dann alles in eine Form geben. Während der Kuchen backt, spielen Mama und ich ein Spiel. Es ist ein schöner Tag. Nach 50 Minuten ist der Kuchen fertig und er sieht echt gut aus.
Wir bereiten dann noch die Lasagne vor, damit morgen alles schneller geht, und schneller als ich dachte, ist es Abend. Papa kommt nach Hause und wir essen zu Abend. Er erzählt Mama von seiner Arbeit, doch ich höre kaum zu. Das interessiert mich nicht.
Später erzähle ich ihm von unserem Tag. Wir gucken alle zusammen noch etwas Fernsehen und dann muss ich ins Bett. Diesmal kommt Papa mit. Er hilft mir, liest mir etwas vor und sagt mir dann noch gute Nacht.
Aber ich kann nicht einschlafen. Ich bin zu aufgeregt. Wenn ich morgen aufwache, bin ich zwölf. Was ich wohl bekommen werde?
Von Oma?
Ich denke nach, wer alles kommt und wer anrufen wird. Irgendwann fallen mir dann doch die Augen zu und ich falle in einen tiefen Schlaf.

Ich träume von meiner braunen Stute. Ich sitze auf ihr, ohne Sattel. Ein unbeschreibliches Gefühl. Ich spüre jede Bewegung, jeden Schritt den sie macht.
Plötzlich kribbeln meine Beine. Wie von alleine, drücken sie sich plötzlich gegen das Pony und es wird schneller. Wir werden immer schneller. Ich kann meine Beine wieder bewegen. Endlich!

Irgendwann wird die Braune langsamer und wir reiten zurück. Langsam werde ich wach. Schade, dass der Traum vorbei ist, er war der schönste den ich je hatte, aber leider nur ein Traum!

Das ich heute Geburtstag habe, ist kein Traum! Ich freue mich. Da geht meine Tür auf und meine Eltern kommen herein. Sie singen Happy Birthday! Ich muss lachen, denn es ist total schief. Beide geben mir ein Küsschen und wünschen mir alles Gute. Aber sie haben kein Geschenk, ich bin enttäuscht.
Wie jeden Tag hilft mir Mama in den Rollstuhl und wir gehen in die Küche. Es gibt Frühstück. Ein richtig gutes Frühstück. Sogar mit Rührei und so was. Toll! Ich merke, wie mein Magen knurrt. Ich hebe den Teller hoch und will gerade meine Mama fragen, ob sie mir Rührei darauf macht, da sehe ich ihn. Den Briefumschlag. Was da wohl drin sein wird?!
Meine Eltern werfen sich einen Blick zu. Irgendwie läuft es mir kalt den Rücken herunter. Ganz langsam stelle ich den Teller wieder ab und nehme den Umschlag in die Hand. Er ist nicht zugeklebt. Ich ziehe die Lasche hoch und nehme den Zettel darin in die Hand. Ich falte ihn auf und lese ihn durch. Noch bevor ich fertig bin, schreie ich los. Mir kommen Tränen in die Augen. „Danke", schluchze ich.
Mein Vater sagt zuerst etwas: „Sophie, du weißt wir sind nicht begeistert davon, dass du reiten willst, aber wir haben gesehen wie traurig du warst und wie du jetzt so glücklich bist. Wir werden heute dorthin gehen und du darfst aufs Pferd. Aber ganz langsam und nicht so lange."
Was? Heute schon? Das wird ja immer besser! „Wann geht's los?", frage ich gleich. „Jetzt. Aber erst solltest du dich anziehen.", meint meine Mama.
Wir gehen in mein Zimmer und eine Viertelstunde später bin ich fertig. „Los geht's zum Ponyhof", witzelt mein Papa.

Ich grinse. Diesmal halten wir nicht an der Weide an, sondern gehen direkt zum Hof. Tanja erwartet uns schon.
Wahrscheinlich haben meine Eltern Bescheid gesagt. „Hallo Sophie", sagt Tanja, und ich bin überrascht, dass sie sich meinen Namen gemerkt hat. „Hallo", sage ich.
„Na, so wie du aussiehst, kannst du es kaum erwarten. Also, dein Pony ist schon fertig."
Und jetzt?! Sie pfeift. Ich staune nicht schlecht, wer da mit der Braunen aus dem Stall kommt. Es ist Oma. Ich verstehe die Welt nicht mehr und das sieht man mir wohl auch an, denn Oma meint nur: „Wundere dich nicht, Sophie. Ich wünsche dir alles, alles Gute zum Geburtstag!" Sie drückt Tanja das Pony in die Hand und umarmt mich.
„Weißt du, ich bin früher auch geritten und da habe ich doch mit deinen Eltern geredet. Ich weiß, was Reiten alles bewirken kann. Als sie dann doch ja gesagt haben, wollte ich es mir nicht nehmen lassen, das Pony für deine erste Reitstunde selbst fertig zu machen."
Was? Oma ist früher geritten! Es wird immer besser. Jetzt schaltet sich Tanja ein: „ Und da du und Gwendolyne euch ja schon angefreundet habt, wirst du auf ihr deine erste Reitstunde haben." Ich strahle. Es ist der schönste Tag meines Lebens! Gwendolyne, so heißt meine Braune also. Ich rolle auf sie zu und streichle sie. Sie weicht nicht zurück. Anscheinend kennt sie den Rollstuhl schon von den anderen Kindern. Die Ponys sind hier extra ausgebildet, das weiß ich aus dem Internet.
„Sag mal", lacht Tanja, „gestreichelt hast du schon genug. Gwendolyne kennt dich. Jetzt musst du auf das Pferd."
Irgendwie habe ich jetzt doch ein komisches Gefühl, doch ich will. Mama setzt mir einen Helm auf und wir gehen in die Halle. Tanja führt Gwendolyne in die Mitte und winkt mir. Ich rolle auf sie zu.

Mein Vater macht die Hallentür zu, dann setzt er sich mit Mama und Oma auf die Tribüne.

Tanja lässt jetzt das Pony los, das ganz lieb stehen bleibt, und legt die Arme um mich.
Ehe ich mich versehen kann, sitze ich auf dem Pony. Auf Gwendolyne. Es ist doch ganz schön hoch.
Nach ein paar Minuten kann ich mich entspannen. Es ist still, keiner sagt etwas. Ich genieße es. Mein größter Wunsch ist in Erfüllung gegangen! Ich spüre die Wärme des Pferdes unter mir, denn ich sitze nur auf einer Decke.
„Na, bereit für den zweiten Schritt?", fragt mich Tanja. Ich nicke. „Dann halt dich hier am Gurt fest." „Mach ich." Dann fragt sie noch meinen Vater, ob er nebenher gehen und mich im Notfall festhalten könne. Er macht es.
Ganz langsam merke ich, wie Gwendolyne sich bewegt. Sie läuft und Tanja führt sie, und mein Vater geht nebenher. Wir gehen eine Runde, noch eine Runde und noch eine Runde. Es gefällt mir und ich strahle. Meine Mama guckt etwas skeptisch, aber meine Oma und mein Strahlen beruhigen sie.
In der vierten Runde passiert es. Es kribbelt im linken kleinen Zeh. Ich schreie los. Tanja hält Gwendolyne sofort an. „Was ist los?", fragen alle gleichzeitig. Ich kann nichts sagen. „Sophie, sag doch was!", bittet mein Vater. Ich stammle los. „Es…Es… ich spüre…, spüre meinen Zeh!"
Es ist still. Man könnte eine Stecknadel hören. Dann fangen alle an zu jubeln. Meine Mutter heult. Ich auch. Jedenfalls merke ich, wie Tränen über meine Wangen rollen. Freudentränen. Ich lehne mich langsam nach vorne und umarme Gwendolyne. „Danke", flüstere ich. Tanja lacht mich an. Sie freut sich. Alle freuen sich. Ich wusste dass es funktionieren würde, doch so schnell?!

Klar wird es noch ewig dauern bis ich wieder laufen kann, aber das macht nichts. Ich weiß, dass ich es wieder lernen kann. Bald.
„Wann gehen wir weiter?", frage ich jetzt Tanja und alle lachen. Gwendolyne geht wieder los und ich genieße weitere Runden.
Es kribbelt mich ein paar Mal, aber jetzt finde ich es nicht mehr schlimm.
Dann bleibt Tanja mit dem Pony in der Mitte der Halle stehen und ich soll runter. Ich will aber nicht. Doch Tanja erklärt mir, dass so eine Reitstunde für Gwendolyne sehr anstrengend ist und dass sie jetzt in den Stall muss. Da habe ich nichts mehr dagegen und mein Vater hebt mich vom Pferd in den Rollstuhl, der da immer noch steht. Ich streichle Gwendolyne noch einmal, bevor Tanja sie in den Stall bringt. Mama und Oma kommen in die Mitte und wir fallen uns um den Hals. „Glaubst du mir jetzt, dass es eine gute Idee war?", frage ich Mama. „Ja, wir werden wieder kommen." Das ist das Schönste, was Mama hätte sagen können.
Wir verabschieden uns noch schnell von Tanja, die mir noch gratuliert, nachdem Oma meint, wir müssen noch feiern, und dann gehen wir alle nach Hause.
Wir essen unseren Käsekuchen, der wirklich lecker ist, und gehen in Gedanken immer wieder das Erlebnis von heute morgen durch. Mein Traum wird Wirklichkeit werden! Wie heißt es so schön: „Träume nicht dein Leben, sondern lebe deinen Traum!"

Epilog:

Sophie hat in den nächsten Wochen weiterhin Reitstunden und jedes Mal kribbelt es woanders. Sie und Gwendolyne freunden sich immer weiter an und so ist Sophie fast jeden Tag im Stall, auch wenn sie nicht reitet.
Tanja zeigt ihr alles Wichtige und macht sie mit Karin, einem anderen Mädchen im Rollstuhl, bekannt. Die beiden freunden sich an und unternehmen viele Sachen.

Sophies Eltern sind überglücklich und freuen sich, dass sie die richtige Entscheidung getroffen haben.

Schon ein halbes Jahr später steht Sophie erstmals auf ihren eigenen Beinen und weitere zwei Monate später, nach etlichen Reitstunden, macht sie die ersten Schritte.
Ab da erlaubt es Tanja ihr alleine zu reiten.
Erst Schritt, dann Trab. Aber mit Sattel. Wie die anderen auch.
Sophie erlebt ein wunderschönes Jahr mit Pferden und einer richtigen Freundin.

Sie erzählt ihrer Mutter, dass sie nicht mit Frau Zink klar kommt, und sie finden eine neue Lehrerin. Jedenfalls solange, bis Sophie in eine normale Schule gehen kann.
Damit das schneller geht, hat Sophie zusätzlich Krankengymnastik und trainiert ihre Muskeln. Sie macht immer größere Fortschritte.
Dann galoppiert sie das erste Mal und erlebt den „Flug" aus ihren Träumen.

Im darauf folgenden Sommer erlebt Sophie ein kleines Wunder.

Nach einer ganz normalen Reitstunde kommt ein Mann von der Tribüne und gratuliert ihr. Sie weiß nicht wofür, doch er erklärt ihr, dass er ein Richter ist und sie heute das kleine Hufeisen gemacht hat. „Was ist das?", fragt sie Tanja. Diese erklärt, dass es ein Motivationsabzeichen ist, das zeigt, dass man mit dem Pferd umgehen kann und es beim einfachen Reiten unter Kontrolle hat.
„Ich habe dich beobachtet", erklärt der Richter, „und du hast alles richtig gemacht." Er reicht Sophie noch eine Anstecknadel und geht. „Danke.", flüstert sie nur. Sie kann es kaum glauben. Ihre Eltern und ihre Oma freuen sich mit ihr.

An ihrem dreizehnten Geburtstag schenken ihr ihre Eltern und ihre Oma Gwendolyne. Sie kann es nicht fassen.
Ab diesem Tag ist Sophie mehr im Stall als zu Hause. Zwar geht Gwendolyne weiterhin, wenn nötig, bei andere behinderte Kinder, weil Sophie weiß wie wichtig es für diese Kinder ist, doch Sophie ist immer dabei. Die beiden vertrauen sich blind.
Sophie wird ihr ganzes Leben lang reiten.

(Jennifer Leuchtmann, 16 Jahre)

Wie das Leben so spielen kann!

Der Mensch ist ein Gesellschaftstier. Er braucht andere Menschen um sich herum, um glücklich zu werden.
Dann bin ich kein Mensch. Ich habe nie einen anderen Menschen als mich selbst gebraucht, soweit ich denken kann. Da gab es immer nur mich. Und seit drei Jahren gibt es Murphy, mein Motorrad. Warum ich mein Motorrad Murphy nenne? Warum nicht? Phil denkt, ich leide an einer Art von psycho-sozialer Existenzangst. Die ist seiner Meinung nach auch Schuld an meinem Lebensstil. Ich bin nämlich ein Rumtreiber, einer ohne festen Wohnsitz, ohne Frau, Kind und Heim.
Mein Geld verdiene ich, indem ich in den Fußgängerzonen von Köln Gitarre spiele und man möchte es kaum glauben: Zum Leben reicht´s!
Dank Emma verdiene ich täglich etwa zehn Euro, mal mehr, mal weniger natürlich. Emma, so nenne ich insgeheim meine Gitarre.
Wenn Phil wüsste, dass ich auch meine Gitarre benannt habe, würde er mich vermutlich einliefern lassen; könnte er durchaus tun, denn Phil ist Psychiater und Psychotherapeut. Er ist recht klein und schlank und neigt zur Glatze, hat blass-blaue Augen und Falten vom vielen Stirnrunzeln. Und er ist mein bester und einziger Freund.
Kennen gelernt haben wir uns im „Clockhouse", einer Bar mit einem zugegeben sehr eigenartigen Namen. Ich spiele dort ab und an für die ganzen gescheiterten Existenzen, die sich Abend für Abend dort versammeln und verdiene mir so ein paar Extragroschen.

Meistens trinke ich danach noch ein Bier, kein großes, weil ich sonst nicht mehr mit Murphy und Emma fahren dürfte.

Tja, und an einem solchen Abend eben bin ich Phil das erste Mal begegnet. Er saß neben mir am Tresen, blickte trübsinnig in sein halb geleertes Glas mit Kölsch und murmelte etwas wie: „Sie können aber gut Gitarre spielen!" „Ja, ", hab` ich erwidert, „ich spiel auch schon seit fast zwanzig Jahren."
Da hat Phil mich scharf gemustert und gefragt: „Wie alt sind Sie denn?" „Im Januar werden´s 31 Jahre." „Puh!", kam dann die Antwort und dem Puh folgte ein missgelauntes „Hätte Sie jünger geschätzt." „Ich nehm` das mal als Kompliment.", hatte ich seine Bemerkung mit schiefem Lächeln kommentiert, einen Schluck Bier genommen und leicht beunruhigt an den draußen stehenden Murphy gedacht.
Eigentlich konnte nichts passieren, da ich ihn wie jeden Abend, wenn ich hier war, an den Laternenpfahl, direkt vor der Bar gekettet hatte; die Unruhe blieb allerdings trotzdem.
Murphy ist wie ein Kind, das ich nicht habe. Ich hab` ihn vor drei Jahren vom Schrottplatz geholt und seitdem sind wir unzertrennlich, er und ich, und als ich mich an diesem Abend gerade erheben wollte, fragte mich Phil nach meinem Namen. „Ferdinand.", hab` ich geantwortet und versucht, nicht rot zu werden. „Ernsthaft!", hat Phil verlangt und mir sein legendäres Stirnrunzeln zum ersten Mal offenbart. „Nenn mich einfach Freddie!", war meine mit einem Kopfschütteln begleitete Antwort. Ein Ausdruck der eigenen Verzweiflung, meines schrecklichen Namens gewidmet.
„Phil." Ich hatte seine mir dargebotene Hand ergriffen, sie geschüttelt und somit unwissentlich und unfreiwillig eine erste richtige Freundschaft begonnen.

Nach diesem Abend haben wir uns jeden Tag im „Clockhouse" getroffen. Ich habe mehr über ihn erfahren und er mehr über mich. Zu Phil kann man sagen, dass er ein sehr ernster ja grüblerischer Mensch ist.
Er hat ein kleines Haus hier in Köln, einen BMW, den er nicht ausstehen kann, ein furienhaftes Monster zur Ehefrau und zwei schwer hyperaktive Legastheniker-Zwillinge als Söhne, die, seinen Schilderungen zu Folge, komplett nach der Mutter kommen. Um, aufgrund dieses Horrordaseins, nicht dem Wahnsinn zu verfallen, flüchtet er sich in seinen Job als Seelenklempner, in die tröstende Atmosphäre des „Clockhouse" und natürlich in sein allabendlich bestelltes Kölsch.
Er sitzt da von acht bis um teilweise elf oder zwölf Uhr, manchmal sogar noch länger, lauscht unter anderem meinen Gitarrenklängen und arbeitet an den Notizen, die er sich tagsüber in den Sitzungen mit seinen Patienten macht.
Seinen zugegeben schwer deprimierenden Alltag hat Phil mir in sarkastisch angehauchtem, beiläufigem Geplauder erzählt, was einem zeigt, dass ihn das Alles ziemlich fertig macht.
Irgendwann, als wir uns schon eine kleine Weile kannten, habe ich ihm vorgeschlagen, doch selbst mal einen Therapeuten aufzusuchen, um einmal seine eigenen Probleme irgendwo loszuwerden, doch da hat er nur gelacht und gemeint: „Ein Therapeut geht zu einem Therapeuten, soweit kommt´s noch!"
Heute ist mir klar, dass ich wohl so etwas für ihn geworden bin. Überhaupt ist Phil schon seit der zweiten oder dritten Begegnung, also von dem Zeitpunkt an, seit er weiß, dass ich auf der Straße lebe und mein Motorrad Murphy nenne, total angetan von mir, denn Phil hat einen unangenehmen Tick, nämlich alles, was du tust oder sagst, jede Person charakteristisch zu analysieren und eine psychische Diagnose für jedwedes Verhalten festzustellen.

Deswegen sollte man in seiner Anwesenheit keine unbedachten Bemerkungen machen, schräge Witze reißen etc. Für Phil ist wohl so gut wie jeder Mensch auf diesem Planeten auf irgendeine Weise psychisch angeknackst.

Am Anfang, nachdem er mir das erste Mal eine gehörige Portion Psycho-Rede, hauptsächlich bestehend aus englischen und lateinischen Fremdwörtern um die Ohren gehauen hatte, war ich tatsächlich ein wenig besorgt um mein Seelenleben gewesen.

Ich meine, es stimmt ja, als wirklich normal kann mein Leben ja nicht bezeichnen. Da hab ich mich das erste Mal, seit ich mein Zuhause verlassen hatte, gefragt, ob vielleicht tatsächlich etwas nicht mit mir stimmt. Ich hab mich gefragt, ob ich vielleicht doch lieber mein Abitur nachholen, ein festes Zuhause suchen und eine Familie gründen sollte. Meine Mutter wäre sicher erfreut darüber gewesen, mein Vater hätte wieder mit mir geredet und mein versnobter Streberbruder hätte mir mit einem überheblich anerkennenden Blick auf die Schulter geklopft und gesagt, ich hätte eine gute Entscheidung getroffen.

So schwer wäre das sicher alles nicht, habe ich gedacht. Irgendwo gab es sicherlich eine nette Frau, mit der man in Frieden alt werden konnte und meine Schwester hätte mit Sicherheit gern für eines unserer Kinder die Patenschaft übernommen. Alles schön und gut soweit, aber was würde aus Murphy werden und aus Emma?

Beim Gedanken an Ersteren, wie er traurig im Keller vor sich hin rostete, zerstörte ich die Vorstellung von trautem Heim und Familie mit einem einzigen wütenden Impuls. Soll Phil doch denken, ich hab 'nen Schaden, hab ich gedacht, ist mir doch schnurz.

So ist es also weitergegangen. Irgendwann einmal, wie das Leben so spielt, habe ich einen Kölner Blumenladen betreten, um für Phil Blumen zu besorgen. Besser gesagt für Phils Frau. Die hatte nämlich Geburtstag, doch Phil kam nicht von der Arbeit weg, also hatte er mich kurzerhand kontaktiert.
Der Auftrag war unmissverständlich. Ein Strauß bestehend aus zehn Rosen, je fünf rote und fünf weiße, zart roséfarbene Nelken und zwischen alldem ein einzelner Lavendelzweig.
Ja, im Nachhinein hab ich mir auch überlegt, dass das ne sehr abenteuerliche Mischung ist, aber na ja…, sind ja nicht für mich die Blumen, hab` ich gedacht. Und außerdem war ich in Eile, weil es vor besagtem Blumengeschäft weit und breit nichts gab, wo ich Murphy und Emma hätte sicher anketten können und solche Umstände machten mich meist nervös oder aggressiv. Oder beides.
Nun ja, schließlich und endlich bekam ich meine Blumen, eilte hinaus zu Murphy, tätschelte ihn und sagte vermutlich etwas sehr laut: „Na Murphy, alter Halunke, wo fahr`n wir jetzt hin hm?" Erst da hab ich dann bemerkt, dass eine Frau neben uns stehen geblieben war und mich so offensichtlich verblüfft anstarrte, dass ich nicht anders konnte, als ihr eine äußerst aufschlussreiche Erklärung bezüglich meines Gesprächs mit Murphy zu liefern: „Er ist mein Motorrad. Er heißt Murphy."
„Ah!", hat die Frau gemeint und kritisch den Mund verzogen, „Und woher wissen Sie, dass… Ihr Motorrad so heißt?" „Na ja…", hab` ich gemeint und mich innerlich über diese dämliche Frage geärgert, „weil ich ihn so benannt habe." „Und wieso benennen Sie Ihr Motorrad?" „Er heißt Murphy!", hab` ich sie angefaucht und schützend eine Hand auf den Sattel gelegt. „Ähm… gut, und wieso benennen Sie Murphy?" „Weil er Gefühle besitzt und genauso ein Recht darauf hat, einen Namen zu haben wie Sie und ich."

„Ah!", hat die Frau wieder gesagt, „Sie sind nicht zufällig der Gründer von *Ein Herz für Motorräder*?" „Gibt es das denn?", habe ich erstaunt erwidert und sie dann wütend angestarrt, als ich begriffen habe, dass sie mich verschaukelt.
Vermutlich noch amüsierter durch meinen Ärger hat die Frau mir die Hand hingestreckt und gemeint: „Lilly Bohninger, ich arbeite hier und Sie?" „Was soll mit mir sein?" „Hat der Rächer der geächteten Motorräder auch einen Namen?"
Ich weiß noch, dass ich ihr da am liebsten trotzig die Zunge herausgestreckt hätte, aber so kindisch war ich nun auch wieder nicht. Nie gewesen.
Wie Lilly schon gesagt hatte, war (und ist) sie Blumenverkäuferin, Ende zwanzig, mit dunklen Haaren und durchdringenden, grünen Augen.
Bei einem Cappuccino in einem Café nahe Phils Praxis eröffnete sie mir, dass sie allein mit ihren zwei Katzen Clarissa und Ed in einer Zwei-Zimmer-Wohnung hier in Köln lebte. Dann hat sie mich natürlich nach meiner (und Murphys) Lebensgeschichte gefragt; erst habe ich gezögert, ihr schließlich aber erzählt, dass ich ein Rumtreiber bin und den ganzen Kram, von Emma und na ja… Murphy eben.
Als ich Emma erwähnt hab, hat Lilly gelacht und gefragt, ob ich all meinen Gebrauchsgegenständen Namen geben würde. Empört habe ich erwidert, dass Emma und Murphy keine einfachen Gebrauchsgegenstände sind. „Hinter einem Instrument steckt viel mehr als nur Holz, Blech oder Metall!", habe ich ihr versucht klarzumachen, „jedes hat seine eigene Sprache und man kann mit ihnen reden, wenn man nur lernt sie zu verstehen." Ein Schmunzeln von Lilly. „Da habe ich wohl einen richtigen Poeten vor mir sitzen!" „Spielen Sie denn auch ein Instrument?" Doch da hat sie nur abgewunken, ihren Cappuccino in einem Satz ausgetrunken und mich gefragt, für wen denn die Blumen wären.

Da ist mir siedend heiß Phil und der Geburtstag seiner Frau eingefallen. In fünf unbeholfen gestammelten Sätzen habe ich Lilly von meinem Auftrag berichtet, und da sie sich die Chance auf einem echten Motorrad (auf einem echten Motorrad namens Murphy) mitzufahren nicht entgehen lassen wollte, ist sie ohne großes Tamtam hinter mir aufgestiegen, hat gleich Bekanntschaft mit Emmas schwarzer Stoffhülle geschlossen und zusammen sind wir zu Phils Praxis gerauscht.
Der stand schon am Rande eines Nervenzusammenbruchs, als seine arg geschminkte Sekretärin ihm mitteilte, dass ein „großer langhaariger Kerl mit so nem Geigenteil und so ne Frau halt" im Wartezimmer auf ihn warteten und die Neuankömmlinge mit einem derart missbilligenden Blick durchbohrte, dass ich ihr Emma am Liebsten kräftig über die hohle Rübe gezogen hätte.
Nein, lieber nicht, dann bekommt Emma noch Kratzer, habe ich mir gedacht und es natürlich gelassen.
Lange hatte Phil zum Glück auch nicht auf sich warten lassen. Sobald sein letzter Patient die Tür hinter sich geschlossen hatte, war er auf uns zugestürmt, hatte seiner Sekretärin einen schönen Feierabend gewünscht, der nach ihrem Gesicht zu urteilen nicht mal klar war, dass dieser Abend für sie frei war, hatte mir die Blumen aus der Hand gerissen und schnellsten Schrittes die Praxis verlassen. Lilly und ich hätten fast nicht mithalten können, so eilig sprintete Phil zu seinem Wagen. Kurz vor der Tür blieb er stehen, blinzelte und starrte Lilly an, die er jetzt erst bemerkt zu haben schien. „Wer sind Sie denn?"
„Lilly Bohninger, Blumenverkäuferin", hatte Lilly ihm die Frage in freundlichem Ton beantwortet. „Blumenver...", wollte er ansetzten und mir einen entgeisterten Blick zuwerfen, doch ich unterbrach ihn, in dem ich ihn an den Geburtstag seiner (geliebten *hust*) Frau erinnerte und schob ihn in den so verhassten BMW.

Beim nächsten Treffen im „Clockhouse" war Lilly dabei und es stellte sich heraus, dass sie über ein erstaunliches Wissen verfügte, welches Phils und mein allabendliches, hohles Wortgeplänkel über Bier (ausgeschlossen jetzt Phils Therapeuten-Anfälle) zu teils mächtig niveauvollen Konversationen aufpolierte.
Überhaupt beobachtete sie die Welt aus Winkeln, denen ich niemals auch nur Beachtung geschenkt hatte und nun, wo mir manche Dinge mit einer ja unverschämten Trivialität offenbargelegt wurden, schämte ich mich fast für meine Blödheit. Oder eher Blindheit, mit der ich die ganzen Jahre durch das Leben gegangen war. Nun ja, gestolpert. Phil war gegangen, ich war eher gestolpert.
Ja, Lilly war ziemlich klug und sehr beharrlich, wenn es um ihren Standpunkt ging. Bestimmt jeden zweiten Abend, den wir drei uns nun trafen, gerieten sie und Phil in hitzige Diskussionen über Dinge, bei denen ich nur den Kopf schütteln und dem immer wieder schräg zu uns herüberlinsenden Barkeeper entschuldigende Blicke zuwerfen konnte. Zwischen den beiden irgendetwas zu schlichten, hatte ich schon längst aufgegeben.

Irgendwann, als der Winter kurz vor der Tür stand, hat Lilly mich gefragt, ob ich nicht bei ihr einziehen wolle. Ich hab gelacht und sie daran erinnert, dass ich mir am Tag, wenn es gut läuft, was zu essen und eine Cola leisten kann, aber keinesfalls eine Wohnungsmiete, halbiert oder nicht, das spielt ja keine Rolle, aber Lilly hat nur typisch lillyhaft geschmunzelt und gesagt, Geld würde sie nicht interessieren. Stattdessen würde ich die Hausarbeit übernehmen und ihre „Bude ein wenig auf Kurs bringen."

„Willst du mich veralbern?", hab` ich sie ungläubig gefragt und sie hat natürlich verneint.
Also bin ich ihr nach Hause gefolgt.
Was mich betraf, war Lillys Wohnung perfekt. Nicht nach jedermanns Geschmack, oh nein, aber sie passte zur Lilly.
Sie war chaotisch, bunt und voll mit Büchern, aber das machte sie so einmalig und original. Auch Lillys Mitbewohner, wie ich noch am selben Abend feststellte, passten perfekt hierher. Clarissa und Ed, Lillys Katzen, die so unterschiedlich waren, wie Phil und ich. Clarissa war eine Reinblutsiamkatze, mit riesengroßen, grünblau schimmernden Augen, einem athletischen Körperbau und irreal glänzendem Fell. Eine Schönheit, mit einem sehr kratzlustigen Charakter.
Ed dagegen, ein rot-braun-schwarz gescheckter Hauskater mit murmelrunden, bernsteinfarbenen Augen, stellte die Treuherzigkeit in Person dar und erinnerte mich stark an Snowpig, den Perserkater meiner Schwester.
Der Name Snowpig mag den humorärmeren Lesern unter Ihnen jetzt ein wenig sonderbar erscheinen, aber er passte kurioserweise durchaus. Snowpig sah aus wie ein „Snowpig", fraß wie ein „Snowpig", gab Geräusche von sich wie ein „Snowpig" und ähnelte ansonsten auch mehr einem … ähm… ja…einem Schneeschwein.
Es war ja nicht so, als hätte Snowpig nicht die Wahl gehabt. Mein Bruder, der zu der Sorte Mensch gehörte, die keinerlei Humor besaßen, die Leute aber unfreiwillig zum Lachen brachten, hielt es für „unerträglich unangebracht, dieses schöne Tier mit einem solch abscheulichen Namen zu strafen." Günter-Theodor von Friedhelmsbingen war natürlich viel angebrachter. Ich muss heute noch lachen, wenn ich mich daran erinnere, wie abwechselnd „Snowpig, es gibt Futter!" oder „Günter-Theodor, Zeit fürs Abendmahl" durch das viel zu große Haus meiner Eltern gebrüllt wurde.

Irgendwann entschied Snowpig sich dann vernünftiger Weise, nur noch auf Snowpig zu hören, was ihn in meinen Augen gleich sehr viel sympathischer machte.
So kam es also, dass ich nun bei Lilly wohnte und während sie im Blumenladen ihrer täglichen Arbeit nachging, die Wohnung entrümpelte, putzte und meine arg eingestaubten Kochkünste zum Leben erweckte. Alles unter der strengen Beaufsichtigung von Madame Clarissa und Sir Eddie, wie ich die beiden insgeheim nannte.
Bei einer meiner Aufräumaktionen beantwortete sich meine bis dahin offen gestandene Frage, ob Lilly ein Instrument spielte. Nun, dachte ich, als ich ein arg verstimmtes Cello fand, wenn sie nicht gerade der Typ Mensch ist, der gerne Instrumente als Attrappe bei sich rumstehen hat, spielt sie wohl Cello oder hat mal gespielt.
Zu Anfangs hat mir das Monstrum von einem Cello ein bisschen Angst eingejagt. Ich meine, es ist nicht so, dass ich noch nie vorher ein Cello gesehen hätte. Durchaus wusste ich, wie groß so ein Vieh sein konnte und wenn man da an die teilweise zwei Meter in die Höhe ragenden Kontrabässe dachte, war so ein Cello ja nichts weiter als ein Gnom, trotzdem… das Holz des Instruments war fast schwarz und ein eigenartig trüber Schimmer ging davon aus.
„Hades!", hatte ich laut zu ihm gesprochen, „Ich glaube, ich nenn dich Hades!"
Später, als Lilly nach Hause gekommen war und ich ihr von meiner Entdeckung gebeichtet hatte, hatte sie gelächelt und sich das Instrument begutachtet, vermutlich, um insgeheim festzustellen, ob ich in irgendeiner Form daran herumgewerkelt hatte. „Na was ist?", hatte ich dann ungeduldig gefragt, „willst du Emma und mir nicht mal zeigen, was du und Hades so alles drauf habt?"

Den Blick, den ich geerntet habe, kann ich nicht beschreiben, den muss man gesehen haben. „Phil hat Recht Freddy, du bist echt ein sozial-psychologischer Sonderling!"
Das mit dem Sonderling habe ich ihr natürlich nicht übel genommen. Vor allem nicht, nachdem sie festgestellt hatte, dass ihr virtuosisches Können doch nicht vollkommen verloren gegangen ist und sie schnell wieder in Übung kam.
Auch an Phil, so stellte sich heraus, war die Musik nicht spurlos vorbeigegangen und zwar in Form einer Mundharmonika.
So musste es dann wohl kommen, dass wir uns irgendwann bei Lilly zu Hause einfanden und probten und schon bald saß ich im „Clockhouse" nicht mehr allein auf der kleinen Bühne.

Unsere Musik kommt bei den gescheiterten Existenzen ganz gut an, doch neulich hat Lilly angemerkt, dass ein Sänger vielleicht nicht schlecht wäre und da hab ich nur gegrinst und erwidert, dass wir bei unserem Glück mit Sicherheit bald eine geeignete Person finden würden.
Denn wir wissen ja alle, wie das Leben so spielen kann.

(Dana Polz, 15 Jahre)

Die Stimme des Meeres

Ich lief mit nackten Füßen auf's Meer zu, die Sandkörner und der Strandhafer kitzelten unter meinen Fußsohlen. Außer mir war niemand hier, obwohl es schon auf Mittag zuging und die Sonne den allmorgendlichen Nebel bereits vertrieben hatte. Doch mir sollte es recht sein.
Ich liebte diese Einsamkeit, wenn nichts anderes als das Geräusch des Windes, das Rauschen der Wellen und die Möwen, die am Horizont kreisten, zu hören waren.
Kurz nach dem Eintauchen in das herrlich kühle Meerwasser, kribbelte es in meinen Beinen und ich lächelte: Endlich wieder zu Hause!
Natürlich war mein offizieller Wohnort nicht das Meer, aber es war der einzige Ort an dem ich mich willkommen fühlte, der einzige Ort an dem ich etwas Besonderes war. An Land war ich ein Niemand, lange braune Haare, schlank, groß, still, nicht an Mode interessiert, ein typisches Landei eben. Freunde hatte ich nicht und wer meine Eltern waren, wusste ich auch nicht.

Ich war in einem Heim aufgewachsen und nachdem dieses letztes Jahr im Frühling abgebrannt war, wurde ich zu einer alten Frau hierher gebracht. Sie war ganz nett, denn sie schien als einzige zu Verstehen, wie viel mir meine Freiheit bedeutete, aber es war viel wahrscheinlicher, dass es sie einfach nicht interessierte was ich tat.
Hier im Meer allerdings war dass anders. Gut, Freunde hatte ich hier auch nicht, aber Delfine, besonders Nami, verstehen mich sowieso besser als jeder Mensch es könnte.

Wenn meine Mitschüler wüssten was passierte wenn ich im Meer schwamm, sie würden garantiert nicht mehr sagen, dass ich nichts Besonderes und ein notwendiges Übel wäre. Glücklich schaute ich auf meinen langen rotgoldenen Fischschwanz, der sich inzwischen statt meiner Beine gebildet hatte. Ja, ich war etwas besonderes, und auch wenn nur ich das wusste, es musste mir reichen um durchs Leben zu kommen.

Mein Lieblingsort war ein Korallenriff, etwa fünf Kilometer von der Küste entfernt, denn hierher durfte aus Naturschutzgründen keiner hin. Nicht mal Flugzeuge durften hier fliegen und auch kein Forscher, war er noch so wichtig, durfte hier forschen, weil die Wale gestört werden und ihre Jungen im Stich lassen könnten. So war ich hier auf jeden Fall sicher. Außerdem war es gerade wegen seiner Unberührtheit wunderschön und einfach magisch, ein Ort der einfach zu mir passte, weil er auch seinen Freiraum haben wollte und er, bevor man entdeckte, dass hier eine extrem seltene Walart ihre Jungen aufzog, als unbrauchbar und nutzlos verschrien wurde. Über dem Riff erwärmte die Sonne das türkisblaue Wasser, bunte Fische zogen in Schwärmen ihre Kreise und ich dachte, dass vielleicht, ganz vielleicht, mein Leben irgendwann doch noch gut werden würde. Doch hätte ich geahnt, was noch auf mich zukommen würde, ich glaube ich wäre an diesem Nachmittag im Wasser geblieben. So aber schwamm ich, als die Sonne immer tiefer sank und die erste Ahnung eines Sonnenuntergangs zu sehen waren, zurück zu dem Strandabschnitt, an dem meine Sachen lagen.

Normalerweise war er menschenleer, die Badestrände begannen ein Stück weiter hinten, aber heute musste ich zum ersten Mal seit langem auf meine „Trockenhöhle" ausweichen.

Und als ich meine Beine wiederhatte und langsam die Felsen, die zu der Höhle führten hinunter kletterte, stand der Besucher immer noch da. „Was hast du den da oben gemacht?"
Ich zuckte zusammen. „Oh...Ich...Ich habe nur die Aussicht genossen. Da oben sieht man echt meilenweit."
„Ach ja?", fragte der Junge gelangweilt und scheinbar arrogant. Darauf antwortete ich nicht, ich nahm einfach nur meine Sachen und verschwand.
Seltsamer Typ. Es war nicht sein abweisendes Verhalten, das ihm höchstwahrscheinlich sowieso nur als Panzer diente, es war etwas anderes..., eine Art magische Aura, die ihn umgab. Was für eine magische Fähigkeit er wohl hatte?
„Victoria, da bist du ja endlich. Komm rein, es gibt Essen."
„Ja, Eva." Das war mal wieder ein Empfang, so voller Liebe. Kein „Wie war dein Tag?", nein, bei ihr gab es nur „Es gibt Essen."

Als ich am nächsten Morgen aufwachte, konnte ich nur mit Mühe ein Seufzen unterdrücken. Erster Schultag nach den Ferien und ich konnte nicht hoffen, dass es über die Ferien besser geworden war. Wahrscheinlich würde es sogar noch schlechter werden, da ich nun keinen Anspruch auf den Sonderstatus, den Neue immer bekommen, hatte.
Meine Schule lag ein paar Kilometer von zu Hause entfernt auf einer Klippe, sodass man von beinahe jedem Raum aus das Meer sehen konnte. Allerdings nur wenn gutes Wetter war, denn sobald Nebel aufzog, konnte man gerade mal ein paar Meter weit sehen. Die Backsteinwände und das reetgedeckte Dach ließen die Schule sowieso immer wirken, als wäre das Gebäude ursprünglich als Villa gedacht gewesen.
Als ich ankam, klingelte es schon zur ersten Stunde, sodass ich wie immer kurz vor meiner Klassenlehrerin ins Klassenzimmer schlüpfte.

„Guten Morgen. Ich hoffe ihr hattet alle schöne Ferien."
Überall Nicken.
Es klopfte und Frau Siebert öffnete die Tür. „Gut. Bevor wir anfangen, möchte ich euch einen neuen Schüler vorstellen. Justin wird dieses Jahr in eure Klasse gehen, also behandelt in bitte anständig."
Sie deutete auf den Jungen, der nun ins Zimmer getreten war und ich schnappte nach Luft. Das war doch der Junge vom Strand! Was machte der denn hier? „Dann setzt dich bitte hierhin, neben Victoria", unterbrach Frau Siebert meinen Gedankenstrom und ich wusste ganz genau, was die anderen dachten: „Der Arme! „Der Arme! Muss neben der einzigen sitzen, die nicht mal einigermaßen hübsch ist." „Hey, Victoria! Wie hast du denn deine Ferien verbracht? Ach nein, lass mich raten: Allein am Meer?", rief Emilia, die schlimmste Zicke aus meiner Klasse, sobald Frau Siebert das Klassenzimmer verlassen hatte.
Es war klar, dass sie wieder davon anfangen würden, aber insgeheim hatte ich doch gehofft, dass sie sich zurückhalten würden, um vor Justin gut dazustehen. Aber entweder hatten sie Justin für unwichtig erklärt, oder sie hatten beschlossen, dass er mich jetzt schon nicht leiden konnte. „He Victoria! Ich rede mit dir!" „Ich aber nicht mit dir", dachte ich und schaute stur auf meinen Block.
„Victoria? So heißt du doch, oder?" Die sanfte Stimme lies mich aufschauen und ich sah wie Justin mich besorgt ansah. „Was ist?" „Ich wollte dir nur sagen, dass Frau Siebert wieder da ist." „Danke", meinte ich und sah nach vorne, doch meine Gedanken schwärmten in meinem Kopf, wie ein Bienenschwarm.
Was war bloß mit Justin?

Nicht nur, dass es ihn überhaupt nicht interessierte, ob ich unbeliebt war oder nicht, nein er hatte auch eine magische Gabe, die einer von meinen sehr ähnlich sein musste. „Victoria!?" „Hm?" „Hier vorne spielt die Musik. Also was habt ihr auf?"
„Ich weiß es nicht.", antwortete ich und wurde knallrot. „Ihr sollt etwas über das hiesige Korallenriff herausfinden und das mir morgen erzählen können."
Na, das waren ja mal leichte Hausaufgaben. Da musste ich nicht mal den Computer anmachen, schließlich schwamm ich jeden Tag in diesem Riff.
Nach der Schule rannte ich schnell nach Hause, warf meinen Ranzen in die Ecke und lief an den Strand. Ich musste nachdenken und außerdem hatte ich Nami versprochen heute zu kommen. Diesmal hielt ich mich durch lange Schwärmereien auf und rannte einfach in voller Montur ins Wasser und kaum hatte sich mein Schwanz gebildet, raste ich auch schon los.
Dass Justin auf der Klippe gestanden und deswegen gesehen hatte wie ich ins Wasser rannte, hatte ich in meiner Eile gar nicht mitbekommen.
„Victoria! Da bist du ja!", begrüßte mich Nami stürmisch. „Was dachtest du denn?" „Naja, ich dachte du hättest zu viele Hausaufgaben." „Nö. Ich hab` nur auf etwas über dieses Riff heraus zu finden. Und das ist nicht wirklich schwer. Ich muss nur morgen aufpassen, dass ich es nicht zu gründlich beschreibe."
Plötzlich drang das Geräusch von Schwimmflossen zu uns. „Ein Taucher!? Die dürfen doch gar nicht hierher."
„Schnell, Victoria du musst dich verstecken." Ein schneller Schlag mit der Flosse und ich war in die nächste Korallenhöhle geschwommen, während Nami in Richtung des Tauchers schwamm.

Als der Taucher dann in Sichtweite kam, stockte mir der Atem. Schon wieder Justin! Langsam hatte ich das Gefühl, er würde mich verfolgen. Aber was machte er hier? „Hey, du darfst hier nicht hin!", fuhr Nami ihn an. „Ich weiß." Mir viel die Kinnlade herunter. Das war seine Gabe! Er konnte wie ich mit Walen und Delfinen reden! „Du.., du kannst mich verstehen?", fragte Nami in diesem Moment völlig verdutzt. „Ja, kann ich." „Schon lange?" „Nein. Ich hab erst vor zwei Jahren entdeckt, dass ich mit euch reden kann." „Und wieso bist du hier? Hier darf nämlich keiner hin."

„Ich weiß. Ich bin einer Klassenkameradin gefolgt, Victoria heißt sie. Ich hab gesehen wie sie ins Wasser ist und dann hab ich einen Schatten im Wasser gesehen, der eindeutig hierher wollte. Du hast hier nicht zufällig noch jemanden gesehen?" „Nein außer dir keinen. Und eine Victoria kenn ich auch nicht.", antwortete Nami und klang dabei ziemlich schuldbewusst. „Wirklich nicht?" „Wirklich nicht" „Dann hab` ich mir das wohl eingebildet."

Er schaute nach oben, als wollte er am Stand der Sonne ablesen wie viel Uhr es ist.

"Ich muss jetzt nach Hause, vielleicht sehe ich dich morgen noch mal." Justin winkte, dann drehte er sich um und das Geräusch seiner Schwimmflossen entfernte sich. „Puh, das war knapp." „Wem sagst du das. Danke, Nami." Ich streichelte ihr über die Rückenflosse, während wir beide im Wasser standen und die Fische betrachteten, die vorbeizogen. „Komm, wir verschwinden." Nami drehte sich um, allerdings nicht ohne noch mal zurückzublicken, und zusammen schwammen wir weiter.

Diese Nacht lag ich mal wieder wach, aber diesmal nicht, weil ich Angst hatte, sondern weil ich grübelte.

Ich wusste jetzt was für eine Gabe Justin hatte, aber das machte das Ganze auch nicht einfacher. Im Gegenteil. Jetzt wo er Nami und das Riff kannte, musste ich vorsichtiger sein, schließlich konnte ich nicht riskieren, dass er hinter mein Geheimnis kam. Oder vielleicht doch? War sein Geheimnis so groß, dass er meines bewahren könnte? Konnte ich ihm überhaupt vertrauen? Nein, konnte ich nicht. Denn wenn er mich verraten würde, hätte ich dem nichts entgegenzusetzen. Aber würde irgendjemand ihm glauben? Wahrscheinlich müsste er es beweisen und dafür müsste ich mitspielen. Trotzdem, mein Geheimnis sollte er nicht herausbekommen, also musste ich in seiner Gegenwart ab jetzt ganz besonders vorsichtig sein.

Also kein umfassendes Wissen über das Riff und seine Bewohner, und vor allem musste ich ab jetzt aufpassen wann und wo ich schwamm. Vielleicht wäre es sicherer nur noch nachts rauszugehen, aber das wollte ich nicht.

Ich stieg aus dem Bett, schlich aus meinem Zimmer und rannte hinunter zum Strand. In dieser Sache musste ich mich jetzt wirklich mit Nami beraten. Vielleicht wusste sie ja was ich tun sollte. „Nami! Nami!!"
„Was ist denn?", rief mir Nami entgegen. Sie hatte natürlich nicht geschlafen. „Ich muss mit dir reden." „Wegen Justin", fügte Nami mit einem wissenden Blick hinzu. „Genau. Weißt du vielleicht was ich jetzt tun soll?", fragte ich beinahe flehend. „Ehrlich gesagt: Nein", antwortete sie, „ich sehe eigentlich keine Möglichkeit. Außer..", ihr Ton wurde nachdenklicher, „außer du wartest bist du weißt, dass du ihm vertrauen kannst."
„Also nie."
Ich seufzte. Irgendwo musste es doch eine Lösung geben.

Wenn ich wenigstens wüsste, wie vertrauensvoll er war, oder ihn auf die Probe stellen könnte.
„Das ist es!"
„Was ist es?", fragte Nami verwirrt, anscheinend hatte ich eine ihrer Theorien zerstört. „Wir stellen ihn auf die Probe", rief ich begeistert.
„Und wie willst du das anstellen?"
„Na, du zeigst ihm irgendetwas Besonderes oder erzählst, dass du hier einen berühmten Forscher gesehen hättest."
„Naja. Es ist eine gute Idee, aber mir gefällt sie nicht wirklich", meinte Nami schüchtern. „Ich weiß. Mir gefällt es ja auch nicht, aber was Besseres fällt mir einfach nicht ein."
„Mir aber", murmelte Nami, und erst als ich sie fragend ansah erklärte sie, „du könntest ihm auch einfach vertrauen."
„Niemals. Ich kenn ihn doch gar nicht", protestierte ich vehement.
„Ich weiß, aber hier musst du entscheiden: Entweder du schmeißt deine Ängste über Bord, vertraust Justin einfach, dafür brauchst du dir keine Sorgen zu machen, ob er dich sieht, wenn du hier bist.
Oder du vertraust ihm nicht und musst ständig Angst haben, dass er dich sieht. Außerdem: Du hast doch gesagt, man kann sich im Internet so einen Fischschwanz, wie du ihn hast, einfach bestellen. Frag doch einfach Eva, ob du einen haben kannst." „Nami, dass ist genial. Selbst wenn mich dann einer sicht", „Du hast ja das Kostüm zu Hause", beendete Nami meinen Satz.
„Es ist zwar ein großes Risiko, aber du und das Riff sind mir das wirklich wert."

Am nächsten Tag ging ich, wie immer, direkt nach der Schule an den Strand.

Doch diesmal versteckte ich mich hinter ein paar Felsen, um zu warten bis Justin kam.
Nach gefühlten zwanzig Stunden kam er endlich die Promenade entlang. „Ok Nami, packen wir's an."
„Du schaffst das schon, Victoria."
Ich holte noch einmal tief Luft, dann trat ich hinter meinem Felsen hervor und ging, Schritt für Schritt, ins Meer auf Nami zu. „He, du da." Er hatte mich also bemerkt, jetzt lief Phase zwei an.
„Ja?, fragte ich, ohne aufzuhören Nami zu streicheln. „Ach, Victoria, du bist's. Aber dir hat anscheinend keiner gesagt, dass Delfine es nicht mögen, wenn sie gestreichelt werden." „Doch hat man. Aber Nami mag es gestreichelt zu werden." „Und woher willst du das bitte wissen?", jetzt klang Justin wieder extrem arrogant. „Ich hab sie gefragt", antwortete ich mit einem breitem Grinsen. „Hat sie wirklich. Und außerdem, dafür, dass du mit Delfinen reden kannst, weißt du ziemlich wenig über uns", fiel Nami auch noch ein. Und ich glaube, hätte sie lachen können, sie hätte es getan.
„Moment mal. Willst du etwa sagen, dass sie...??" „Genau das." „Wow. Ich dachte außer mir könnte das keiner." „Tja, falsch gedacht."
Justin schaute mich schief an, „Das ist aber nicht alles, was du der Welt verheimlichst, hab ich Recht?" „Nicht ganz." „Wie meinst du das?" „Ich weiß nicht ganz wie ich dir das sagen soll, aber...", ich zögerte. „Aber..?" „ich bin eine Meerjungfrau.", sagte ich schnell und starrte aufs Meer. „W..W...Was?!?. Aber..., das gibt's doch gar nicht! Vor allem aber, wenn das stimmt, wie kann so etwas passieren?" Justin's Stimme wurde nachdenklicher. Also hatte Nami Recht gehabt. Er reagierte nicht geschockt sondern fasziniert. „Und, wenn ich dir damit nicht zu nahe trete, wieso erzählst du es mir?"

Erst jetzt traute ich mich wieder in seine Richtung zu schauen. „Du kennst das Riff, du möchtest es näher kennenlernen, und es ist das einzige Zuhause, das ich jemals hatte", erklärte ich, doch Justin sah nicht so aus, als ob er das verstanden hätte. „Verstehst du? Ich will mich nicht vor dir verstecken müssen, nur weil du mein Zuhause gefunden hast. Also blieb mir nichts anderes übrig."
Justin schaute mich schief an. „Das leuchtet mir ja ein, aber ich verstehe nicht, wieso das Meer dein Zuhause ist. Was ist mit deinen Eltern?"
Für einen kurzen Moment zögerte ich. Dann entschied ich, wenn er schon mein größtes Geheimnis kannte, konnte ich ihm auch den Rest erzählen. Aber nicht hier, wo womöglich Emilia auftauchen könnte.
„Kommst du mit? Ich möchte dir das nicht hier erzählen."
Ohne seine Antwort abzuwarten, lief ich ins Wasser und diesmal verwandelte ich mich.
Ein paar Augenblicke später schwamm Justin neben mir. „Wow, sieht richtig schön aus. Was willst du mir denn zeigen?" „Den Ort, wo ich aufgewachsen bin und den Ort, wo ich mich zum ersten Mal verwandelt habe."
„Wenn wir da sind, stellst du mir dann auch deine Eltern vor?" „Nein." „Warum nicht? Wohnen sie nicht mehr da?" „Nein. Ich kann sie dir nicht vorstellen, ich weiß ja nicht mal, wer meine Eltern sind. Hier bin ich aufgewachsen", antwortete ich und deutete auf den Haufen Asche, der sich ein paar hundert Meter vor uns auftürmte. So kam es mir jedenfalls vor. „Was ist passiert? Ich meine, du möchtest mir nicht weismachen, dass du in einem Aschehaufen aufgewachsen bist." „In Ordnung, ich erzähl's dir. Aber du musst mir versprechen, dass du es niemandem sagst." „Natürlich nicht. Glaub mir, Victoria, du kannst mir vertrauen."

Ich nickte und atmete noch einmal tief durch, dann begann ich zu erzählen: „Ich bin in einem Heim aufgewachsen. Wer meine Eltern sind, weiß ich nicht, auch nicht, wie ich ins Heim gekommen bin. Seit ich denken kann, war ich ein sehr eigensinniges Kind. Ich war zwar still, aber wenn man versuchte mir meinen Freiraum zu nehmen, konnte ich die Krallen ausfahren. Freunde hatte ich nicht und jedes Mal, wenn jemand sich traute mit mir zu sprechen und wir kurz davor waren Freunde zu werden, wurde derjenige adoptiert. Ich zog mich immer mehr in mein Schneckenhaus zurück, und als ich in die Schule kam, wurde alles nur noch schlimmer. Die anderen Kinder verstanden mein Verhalten nicht, deswegen durfte ich auch nicht mitspielen. Dann kam ich aufs Gymnasium und nichts änderte sich. Ich machte bei keiner Mode mit. Was gerade angesagt war juckte mich nicht, und die Lehrer lobten mich für ausgeprägte Fairness, Fleiß und Aufmerksamkeit. Zusammen mit meiner Abschottung kein guter Nährboden für Freundschaften. Ich wurde gemobbt und mit der Zeit lernte ich, meinen Klassenkameraden nicht zu zeigen, wie sehr sie mich damit trafen. Alle sagen ja immer wenn man nicht reagiert, würde so was aufhören. Bei mir stimmte das nicht, im Gegenteil, es wurde sogar immer schlimmer.

Eines Tages, ich glaube, es war in der siebten Klasse, war es besonders schlimm. Ich hielt es einfach nicht mehr aus. Jeden Tag zogen sie über mich her, verbreiteten Lügen über mich und fanden es lustig wenn ich litt. Ich zeigte es zwar nicht, aber ich hielt es einfach nicht mehr aus. Als ich dann nach der Schule an einer Klippe vorbeiging, fiel mir die Lösung ein. Mich würde sowieso niemand vermissen. Die anderen würden doch nur froh sein wenn ich weg bin, dachte ich in dem Moment.

Für mich gab es in diesem Moment einfach keinen Hoffnungsschimmer und auch keinen Ausweg. Nach ein paar Augenblicken durchstieß ich die Wasseroberfläche, dabei schlug ich mit dem Kopf gegen einen Felsen, ich wurde ohnmächtig.
Als ich wieder aufwachte, lag ich auf einer sandigen Oberfläche. Erst dachte ich, irgendjemand hätte mich rausgezogen bis ich bemerkte, dass um mich herum Flüssigkeit war. Ich versuchte mich aufzusetzen, doch es ging nicht. Und als ich an meinen Beinen hinuntersah, bemerkte ich, dass ich anstatt von Beinen eine Schwanzflosse hatte."
„Hattest du Angst?"
„Ein bisschen, weil ich nicht wusste was passierte. Aber im Grunde hatte ich mir sowas immer gewünscht. Du bist der erste der davon weiß."
„Hattest du nie eine Freundin, der du dein Geheimnis verraten hast?"
„Nein. Ich hatte zwar eine beste Freundin, aber ich habe es ihr nie erzählt. Sie hieß Leonora und wir waren beste Freundinnen. Sie kam ins Heim, weil ihre Eltern alkoholabhängig waren, und sie war die einzige, die in der Zeit mit mir redete. Sie war das Beste was mir passieren konnte. Weißt du, Leonora hat mich auch nicht immer verstanden, aber sie hat es immer versucht. Anders als ich, hatte sie auch genug Selbstbewusstsein, so dass sie von den anderen in Ruhe gelassen wurde und ich dann auch. Und dann kam dieses Feuer. Der Aschehaufen, den du da siehst, war mal ein vierstöckiges Haus. Ich hatte Glück, denn mein Zimmer lag im Erdgeschoss und das Feuer brach im Speicher aus. Sogar meine Bücher konnte ich mitnehmen. Aber Leonora starb in den Flammen. Das Heim brannte vollständig ab, weil die Feuerwehr zu weit weg war. Außer Leonora starben noch zehn andere.

Wir restlichen wurden zu Familien in ganz Deutschland gebracht."
Justin sah mich mitleidig an, „Du tust mir echt leid, Victoria."
„Ich muss dir nicht leid tun, ich habe mich schon daran gewöhnt der Verlierer zu sein." „Das vielleicht schon, aber vermisst du Leonora nicht?" „Schon, aber ich hab´ ja Nami. Aber was ist eigentlich mit deinen Eltern?", antwortete ich und hoffte Justin würde den Wink verstehen, denn über mich und Leonora wollte ich nicht mehr reden. „Die sind bei einem Flugzeugabsturz ums Leben gekommen, als ich noch klein war. Ich bin bei meiner Tante aufgewachsen." „Das tut mir leid." „Muss es nicht. Ich erinnere mich kaum an sie." „Aber immerhin weißt du, wer deine Eltern sind. Wenn ich den Beruf meiner Eltern sagen musste, konnte ich immer nur sagen, das sie arbeitslos seien."
Nach ein paar weiteren Minuten des Schweigens wandten wir uns ab, um zurück zu schwimmen. „Sehen wir und morgen?" „Ich hoffe."
Ich weiß nicht, wie lange ich da stand und einfach nur vor mich hinstarrte, doch irgendwann holte mich Nami wieder auf den Boden der Tatsachen zurück. „Victoria!! Vic-to-ri-a!!" „W...Was?" „Ich ruf dich schon seit zehn Minuten! Wie lief's?" Der vorwurfsvolle Ton in ihrer Stimme passte so gar nicht zu ihrem Gesichtsausdruck, dass ich unweigerlich lachen musste. „Gut, glaub´ ich jedenfalls. Wusstest du dass wir beide Waisen sind?" „Jetzt schon. Aber ich wollte eher wissen wie, er reagiert hat." „Fasziniert. Also überhaupt nicht geschockt und fassungslos." „Das ist doch schon mal gut. Hast du ihm auch von deinen Fähigkeiten erzählt?" „Nein. Ich wusste einfach nicht, wie ich ihm das erklären soll, ohne angeberisch zu wirken." „Aber irgendwann wirst du es ihm sagen müssen", wandte Nami ein.

„Ich weiß, aber ich möchte trotzdem auf den Moment warten, an dem ich mich dafür entschieden habe." „Na dann. Du kommst doch morgen wieder?" „Natürlich. Tschüss Nami."

Mittlerer Weile waren vier Wochen vergangen, seit ich Justin eingeweiht hatte, und mit jedem Tag, den wir miteinander verbrachten, kamen wir uns ein bisschen näher. Wir schwammen längst nicht nur im Riff, sondern wagten uns manchmal ein Stück raus. Justin mit seiner Schwimmflosse, Nami mit ihrer Flosse und ich mit meinem Fischschwanz.
Von meinen besonderen Kräften hatte ich Justin aber immer noch nichts erzählt. Das sollte sich heute ändern, denn ich hatte das Gefühl, er und (vor allem) ich wären jetzt bereit dafür. Das Thema beginnen musste ich allerdings nicht, das nahm Justin mir ab.
„Du, Victoria?" „Jaha?" „Ich hab noch mal über diese Fähigkeitensache nachgedacht, und irgendwie gibt es für mich keinen Sinn." „Was gibt keinen Sinn?" „Na, rein biologisch betrachtet stehst du auf einer höherentwickelten Stufe. Wieso nicht auch magisch? Gäbe es nicht mehr Sinn, wenn du außer den Fähigkeiten, die wir beide haben, mehr Fähigkeiten hättest?"
Und schon wieder hatte Nami Recht gehabt. Der Moment war da und ich hatte nicht bestimmen können, wann er kommen würde. „Also für mich gibt das schon Sinn, du vernachlässigst nämlich die Tatsache, dass ich noch andere Fähigkeiten habe."
„Das hast du mir noch nicht erzählt."
Entgeistert sah Justin mich an. „Ich nehme jetzt einfach mal an, dass du wissen willst, was ich sonst noch beherrsche?" „Nein, wie kommst du denn darauf." entgegnete er mit triefendem Sarkasmus. „Komm´ mit, dann zeig ich's dir." „Moment!", rief Nami, die gerade ankam.

„Könntest du dich davor um Carlos kümmern? Er war zu weit draußen, hat sich in einem Fischernetz verfangen und sich beim Rausreißen verletzt." „Klar. Wie sieht's aus, kommst du mit? Dann kann ich dir auch die erste Fähigkeit zeigen."
„Wer ist Carlos?" „Ein junger Delfin, ziemlich stark und übermütig." Justin nickte und wir schwammen los. Carlos sah diesmal sogar ganz gut aus, er hatte ein paar kleine Wunden und war das Netz nicht ganz los geworden, aber sonst fehlte ihm nichts.
„Na, Carlos? Konntest du mal wieder nicht hören?" „Ich hab es einfach nicht gesehen. Aber wenigstens hab ich diesmal nur ein paar Wunden." „Ein paar nennst du das?" „Justin, du musst das so sehen: Bei Carlos ist es eher üblich, dass er riesige Fleischwunden hat. Er hat sich nämlich angewöhnt, wenn er im Fischernetz steckt, sich an scharfkantigen Korallen zu schuppern. Das Netz geht davon kaputt, seine Haut aber leider auch." „Und was kannst du dagegen machen?" „Die Fähigkeit einsetzen, die ich dir zeigen wollte."
Ich streckte die Hand mit dem Handteller nach unten aus, ließ sie wenige Zentimeter über Carlos an seinen Wunden vorbeischweben und beobachtete wie sich eine Wunde nach der anderen schloss und die Haut sich wieder darüber spannte. „So, fertig. Wie geht es dir?" „Super. Danke Victoria. Ich glaube, ohne dich wäre ich längst nicht mehr hier." „Da könntest du Recht haben", lachte ich. Carlos stupste mich noch mal an, dann verschwanden er und die anderen Delfine. Dafür schwamm Justin neben mich. „Weißt du, dass du unglaublich bist? Ich kenne ehrlich gesagt niemanden, der diese Fähigkeit so wie du einsetzen würde." „Dann kennst du nicht sehr viele Leute", meinte ich trocken. „Doch, eigentlich schon, aber die meisten würden eine Klinik eröffnen und sich dumm und dämlich verdienen."

„Solche Leute kenn´ ich auch. Ich sag nur, Emilia." „Wo du Recht hast... Aber was ich eigentlich sagen wollte, ich finde es super, dass du mit deiner Fähigkeit Delfine heilst." „Wieso auch nicht? Das sind schließlich meine Freunde." „Zeigst du mir auch noch die anderen Fähigkeiten?" „An der Oberfläche."

Gut zwei Wochen später zerplatzte mein Traum von Glück, Vertrauen und Liebe wie eine Seifenblase.
Emilia kam nach der letzen Stunde zu mir. „Na, wen haben wir denn da? Unsere kleine Meerjungfrau." Was sie danach noch sagte hörte ich nicht mehr, in meinen Ohren rauschte es nur. Geschockt starrte ich zu Justin. Wie hatte er das tun können? Ich hatte gedacht, ich könnte ihm vertrauen, aber er verriet mich.
Mit dem Gong stürzte ich aus dem Klassenraum. Ich musste hier raus. Wer weiß, was Justin Emilia sonst noch erzählt hatte. „Victoria! Was ist los?", fragte Nami besorgt, als ich nach einem scheinbar endlosen Weg bei ihr ankam. „Er hat mich verraten. Ich hätte es wissen sollen. Jedes Mal wenn ich jemanden vertraue, verrät der mich."
Jetzt konnte ich die Tränen nicht mehr aufhalten. „Dabei hatte ich wirklich gedacht ich könnte ihm vertrauen." Ich schluchzte und schlang die Arme um Nami's Hals. Ihre Nähe hatte etwas Beruhigendes und langsam beruhigte ich mich wieder.
„Ich muss hier weg", murmelte ich nach ein paar endlosen Minuten. „Aber du kannst hier nicht weg. Du bist hier sicher", widersprach Nami entsetzt. „Ich **war** hier sicher. Oder glaubst du etwa, hier bleibt alles wie es war, wenn Justin ihnen erstmal gesagt hat wo man mich findet?" „ Aber bist du wirklich sicher, dass du von hier wegmusst?" „Ja. Erstens, weil es zu gefährlich ist, und zweitens, weil er mich verraten hat."

Eigentlich waren die Gründe anders gewichtet, aber das hätte Nami nicht verstanden. Ich umarmte sie ein letztes Mal, dann wand ich mich um und bevor sie etwas sagen konnte, war ich ins offene Meer geschwommen. Und ich stellte fest, dass das Leben im Meer tausendmal besser war als an Land. Gut, ich musste feststellen, dass ich Nami sehr vermisste und mir manchmal sogar einbildete, sie neben mir schwimmen zu sehen, aber damit kam ich im Moment klar. Leider musste ich auch feststellen, dass ich Justin vermisste, trotz seines Verrats, und dass mir ein Leben ohne ihn nur halb so schön vorkam. Ich hoffte, dass sich das mit der Zeit legen würde.

Gelebt hatte ich in den letzten zwei Wochen von Seetang, Algen, kleinen Fischen und was ich sonst noch finden konnte. Alles in allem war es ein sehr ruhiges Leben und da ich im Wasser als Meerjungfrau nicht alterte, konnte ich mir wirklich vorstellen, bis zum Ende der Welt hier zu bleiben.
Wieso sollte ich auch jemals aus dem Wasser kommen? Was gab es an Land, das mich dahin lockte?
Wie als Antwort hörte ich plötzlich eine Stimme, die erst leise, dann immer lauter, suchend *meinen* Namen rief. Hecktisch schaute ich mich um, aber um mich herum gab es kein Versteck, und wegschwimmen konnte ich nicht, man hätte mich auf jeden Fall gesehen. „Victoria?" Ich erstarrte. Ich kannte diese Stimme. Und ich wollte mit dem Besitzer dieser Stimme nichts mehr zu tun haben. Doch bevor ich auch nur überlegen konnte, ob ich doch versuchen sollte zu fliehen, hatte er mich schon entdeckt. „Victoria! Nami, ich habe sie gefunden", rief er erfreut. Aber darauf achtete ich nicht. Geschockt starrte ich dahin, wo eigentlich seine Beine hätten sein sollen. Nur, dass da keine Beine mehr waren, sondern ein silbriger Fischschwanz, meinem nicht unähnlich.

Hinter ihm schoss Nami heran und warf mich fast um. „Victoria! Endlich! Wir suchen schon ewig nach dir!" „Na.., Nami? Was machst du hier?", fragte ich erfreut und umarmte sie. „Ein Missverständnis aus dem Weg räumen", erklärte sie trocken. „Und außerdem lasse ich meine beste Freundin nicht im Stich." „Was meinst du damit?" Sie sah über ihre Schulter und als ich ihrem Blick folgte, sah ich, dass Justin näher heran geschwommen war. Sofort machte ich mich von Nami los, um zwei Flossenschläge zurückzuschwimmen. Auf seinem Gesicht zeigte sich ein Ausdruck tiefster Verletztheit, aber er blieb stehen. „Hör mir zu Victoria, bitte. Ich habe dich nicht verraten, wirklich nicht. Du musst mir einfach glauben."
Jetzt sah er so aus, als wollte er jede Sekunde anfangen zu weinen. Aber ich glaubte ihm immer noch nicht. Ich wollte ihm glauben, aber ich war zu oft enttäuscht worden, ich konnte ihm einfach nicht glauben. „Ach ja? Und woher wusste Emilia dann von meinem Geheimnis? Hat der Mond es ihr geflüstert?"
Ich konnte nicht verhindern, dass meine Stimme bitter wurde. Justin senkte den Kopf. „Nein. Sie kannte dein Geheimnis nie, und von mir wird sie es auch nie erfahren." Ich runzelte skeptisch die Stirn, „Natürlich. Ich hab' mir das alles nur eingebildet." „Nein. Und das ist meine Schuld."
Erst jetzt hob er den Kopf und sah mich an. „Ich hatte gezeichnet, dich mit Fischschwanz neben Nami. Emilia hat das gesehen und gefragt, wieso ich das zeichne. Und ich habe geantwortet, ich hätte das gezeichnet, weil du doch so gerne eine Meerjungfrau wärst. Was hätte ich denn sonst sagen sollen? Aber anscheinend fand Emilia das lustig und wollte dich damit aufziehen."
Mir war als hätte man mich mit einem Schlag in eine andere, eine glücklichere Welt katapultiert. Hoffnungsvoll schwamm ich ein kleines Stück auf ihn zu. „Stimmt das?"

„Es stimmt. Ich habe Emilia belauscht, und alles was ich gehört habe bestätigt das", erklärte mir Nami und auf einmal schämte ich mich.
Ich hatte Justin zugetraut mich zu verraten. Und ich hatte ihm nicht mal die Chance gegeben, sich zu erklären. „Es tut mir Leid, dass ich dir das zugetraut habe." „Ist schon gut. Nami hat mir erzählt, wieso du so misstrauisch bist. Und ich kann dich wirklich verstehen." „Ich sag' den anderen Bescheid, dass wir dich gefunden haben", sagte Nami und schwamm in die Richtung davon, aus der sie gekommen waren.
Justin und ich blieben allein zurück. „Kommst du mit an die Oberfläche?", fragte ich ihn schließlich zögerlich. Er nickt nur.

An der Oberfläche versank die Sonne gerade im Meer und warf ihre roten Strahlen zu uns herüber. Wirklich eine sehr romantische Atmosphäre, dachte ich. „Wie hast du deinen Fischschwanz bekommen?", unterbrach ich schließlich die Stille. „Als Nami mir sagte, du wärst verschwunden und würdest auch nicht wieder zurückkommen, da war da auf einmal ein helles Licht und als es verblasste, hatte ich meinen Fischschwanz."
Wir schwiegen erneut, bis Justin die Stille ein zweites Mal unterbrach. „Victoria?" „Ja?" „Ich wollte dir noch was sagen." Mein Herz klopfte mir bis zum Hals, denn ich hatte eine Ahnung, was er mir sagen wollte. „Ich wünsche mir so sehr, dass du zurück kommst. Ich, ich halte es einfach nicht ohne dich aus." Er drehte sich zu mir und nahm meine Hand. Dabei sah er mir in die Augen und ich drohte in seinen zu versinken. „Victoria, ich möchte, dass du weißt, dass ich dich nie im Stich lassen würde und dass du nicht so alleine bist, wie du denkst. Aber vor allem möchte ich dir sagen, dass ich mich in dich verliebt habe.

Schon von dem Moment an, als wir uns am Strand trafen. Und ich will dich nicht wieder verlieren."
„Ich dich doch auch nicht, aber ich kann nicht zurück an Land. Verstehst du? Alles was ich liebe ist im Meer, zumindest meistens. Und an Land ist nichts, was mich dahin zieht."
„Ich verstehe dich wirklich. Aber dann bleibe ich bei dir. Ich kann und will nicht ohne dich leben und an Land habe ich auch niemanden."
Erst langsam sickerte die Nachricht zu mir durch, doch dann verstand ich, er wollte tatsächlich bei mir bleiben. Genauso wie ich nicht ohne ihn leben konnte, konnte er nicht ohne mich leben.
Lächelnd sah ich ihn an und drückte seine Hand. Ob er das als Ermunterung verstand oder nicht, war mir egal. Sein Gesicht kam trotzdem näher. Ich schloss die Augen und kurz darauf spürte ich, wie seine Lippen sich ganz sanft auf meine legten. Und jetzt wusste ich dass ich meinen Platz in der Welt gefunden hatte. Hier an Justin's Seite im Meer. Wir lösten uns voneinander und grinsten uns an.
„Hörst du das?", fragte ich ihn, die Sonne war längst untergegangen. „Was denn?" „Die Stimme des Meeres. Sie ruft uns." Und ohne uns abzusprechen, schwammen wir gleichzeitig los, tauchten unter und schlugen mit den Schwanzflossen auf die Wasseroberfläche.
Das war das letzte Mal, dass ich außerhalb des Wassers war.

(Katharina Rettig, 14 Jahre)

Mein Kater, unser Hund und ich

Mein Vater und ich mussten in den Ferien an einem Tag im Januar in einem Haus, dass er gerade am renovieren war, nach dem Rechten sehen.
Mein Vater ging hinters Haus um sich den Garten anzuschauen, während ich vor dem Haus an der Straße blieb. Es war schon relativ spät und deshalb schon recht dunkel. Ich hatte etwas Angst und wollte aus diesem Grund gerade meinem Vater hinterher laufen, als plötzlich, wie aus dem Nichts, eine rabenschwarze Katze vor meinen Füßen stand! Sie war total abgemagert und miaute in den allerhöchsten Tönen, so, dass es einem durch Mark und Bein ging.
Sofort rief ich nach meinem Vater. Er kam blitzschnell aus dem Garten um die Ecke geschossen, stolperte über einen Besen der dort stand und fiel fast mit voller Wucht gegen mich. Er konnte sich gerade noch auffangen.
Die Katze schrie laut auf und sprang mit einem Satz auf eine Mauer neben der Hofeinfahrt, hinter der sie dann verschwand.
„Papa! Jetzt hast du die süße Katze verjagt. Sie wird nie mehr wiederkommen", rief ich. „Ich glaube, sie wollte mich um Hilfe bitten. Sie hat so schlimm miaut und war ganz dünn."
„Die Katze gehört bestimmt einem Nachbarn", sagte mein Vater. „Komm wir gehen ins Haus und schauen, ob alles in Ordnung ist. Dann fahren wir heim. Mama wartet bestimmt schon mit dem Abendessen auf uns."
Wir gingen ins Haus hinein, aber die Katze ging mir nicht aus dem Kopf. Ich musste ständig an sie denken.
Auf einmal rief mein Vater: „Komm mal schnell in die Küche Kai! Schau mal, wer da draußen auf der Fensterbank sitzt!"

Ich konnte es nicht fassen. Auf dem Fensterbrett vor dem Küchenfenster saß die Katze von eben und war schon wieder am miauen.
Ich rief ganz laut: „Juppie!!!", lief schnell nach draußen, um nach ihr zu schauen. Sie erschreckte sich jedoch und nahm schon wieder Reißaus. „So was Blödes", rief ich. Jetzt würde sie wohl nie mehr wiederkommen. Traurig ging ich zurück. Papa tröstete mich erneut.
Wir packten noch ein paar Sachen ein und wollten uns dann auf den Weg nach Hause machen. Ich öffnete die Haustür und schwups, huschte etwas Schwarzes an uns vorbei und lief schnurstracks die Treppe hoch. Wir liefen hinterher und suchten das schwarze Etwas. Es war nichts zu sehen. Auf einmal fühlte ich sie, nämlich die schwarze Katze, an meinen Beinen. Sie miaute und schnurrte und lief um mich herum. Meinem Vater kam eine Idee.
Er sagte: „Wie wäre es, wenn wir mal bei den Nachbarn nachfragen, wem die Katze gehört. Sonst kommen wir heute hier nicht mehr weg."
Ich nahm die Katze auf den Arm und sie schnurrte weiter. Papa ging zu den Nachbarn, die nebenan wohnten. Diese waren jedoch nicht zu Hause.
Dann versuchte er es in dem Haus gegenüber und tatsächlich wusste das ältere Ehepaar, das dort wohnte, wem die Katze gehörte.
Papa kam zu mir zurück und erzählte mir, was er herausgefunden hatte.
Die Katze gehörte den Leuten, die in dem Haus, das Papa im Moment renovierte, bis vor kurzem wohnten. Sie hatten sie wahrscheinlich einfach zurückgelassen und sind in eine andere Stadt gezogen.
Ich war entsetzt und rief: „Was machen wir denn jetzt Papa?

Wir können die Katze doch nicht einfach hier lassen! Lass` sie uns bitte mit nach Hause nehmen."
Papa sagte: „Das geht doch nicht Kai. Wir haben doch schon unseren Hund und die beiden Meerschweinchen. Da passt eine Katze wirklich nicht dazu."
„Bitte Papa", rief ich.
„Das arme Tier! Wir rufen Mama an und fragen, was sie meint, o.k.?" Papa war einverstanden.
Er ging zum Auto und holte sein Handy. Ich setzte die Katze auf den Boden, doch sie wollte sofort wieder auf meinen Arm und schnurrte. Papa kam zurück und wählte die Nummer von uns zu Hause. Er erzählte meiner Mutter was in der letzten halben Stunde passiert war.
„Am besten, wir bringen sie noch ins Tierheim", hörte ich ihn sagen. Mama antwortete irgendetwas und Papa sagte nur: „O.k." und legte auf.
Ich war traurig, dass wir die Katze nun im Tierheim abliefern sollten. Papa sagte: „Mama meint, wir sollten die Katze erst einmal mit nach Hause bringen. Es wäre zu spät für das Tierheim. Wir fahren jetzt los und ich hole dann gleich noch Katzenfutter." Ich war so froh und drückte die Katze an mich, die laut miaute und schnurrte.
Ich setzte mich mit der Katze auf den Rücksitz und Papa fuhr los.
Als wir fast in unserem Wohnort angekommen waren, hörte ich auf einmal ein zischendes Geräusch und auf meinen Beinen wurde es ganz warm und feucht. Ich merkte recht schnell, dass mir die Katze auf den Schoß gepinkelt hatte und rief: „Iiiih! Papa, die Katze hat auf mich gepinkelt!"
„Bleib ganz ruhig", meinte mein Vater. „Wir sind gleich zu Hause." Und zu sich selbst fügte er noch hinzu: „Das kann ja noch heiter werden."

Als wir zu Hause ankamen, stand Mama schon an der Kellertür und sagte: „Kommt erst einmal hier herein. Luna ist oben und schläft in ihrem Körbchen. Ich habe schon mal Wasser hingestellt. Vielleicht hat die Katze Durst. Dieter, hol Du schnell noch Katzenfutter im Supermarkt!"
Ich setzte die Katze vor die Schale mit Wasser und sie schlürfte diese mit einem Zug aus. Wahrscheinlich war sie kurz vor dem Verdursten. Mama füllte das Schälchen noch einmal und die Katze trank noch ein bisschen. Dann erkundete sie unseren Keller.
Sie sah in jede Ecke, sprang auf die Möbel und untersuchte alles. Nun war mein Vater auch schon mit dem Futter zurück. Drei verschiedene Sorten hatte er besorgt. Ich öffnete eine Dose und gab der Katze etwas davon auf ein Tellerchen. Sie stürzte sich sofort darauf und aß alles auf. Ich gab ihr noch etwas und dann noch etwas und schließlich hatte sie die ganze Dose leergefressen.
„Na, da habt Ihr ja wirklich jemanden vor dem Verdursten und dem Verhungern gerettet", sagte Mama. „Das arme Tier! Bei der Kälte wäre es vielleicht noch erfroren!"
Sie holte aus einem Kellerraum ein altes Katzenklo, das mal ganz früher einer anderen Katze von Mama gehört hatte. Papa füllte das Katzenstreu hinein, das er auch aus dem Supermarkt mitgebracht hatte. Ich nahm die Katze und setzte sie behutsam in ihre Toilette.
Sie schnupperte und scharrte etwas und siehe da, kurz darauf erledigte sie ein „kleines Geschäft" an dem dafür vorgesehenen Ort. Da fiel mir ein, dass ich immer noch die nasse Hose anhatte. Mama brachte mir schnell eine neue.
Die Katze hatte es sich unterdessen auf der Eckbank unseres Partykellers gemütlich gemacht.
„Na der geht es gut", meinte mein Vater.

„Vielleicht sollten wir nun auch mal was zu Abend essen, wie wäre das?"
Nach dem Abendessen ging ich noch mal in den Keller. Die Katze lag immer noch auf der Eckbank und schlief. „Ich werde Dich Mohrle nennen", sagte ich. Zufrieden und sehr müde ging ich ins Bett und schlief schnell ein.

Am nächsten Morgen war ich früh wach und hörte auch schon Mohrle unten miauen. Schnell sprang ich aus dem Bett und lief hinunter. Sie saß auf der Treppe, die in den Keller führte, geschützt hinter einem Treppengitter, das noch aus meiner Baby- und Kleinkindzeit stammte und das noch niemand entfernt hatte.
Unsere Hündin Luna stand auf der anderen Seite und winselte und wimmerte und wedelte mit dem Schwanz. Sie freute sich wohl genauso über unseren neuen Mitbewohner wie ich und wollte mit ihm spielen.
Ich ging mit Mohrle in den Keller und gab ihr etwas zu fressen. Diesmal aß sie nur etwa ein Drittel einer Dose und hatte wohl schon am frühen Morgen vorbildlich ihr „großes Geschäft" in die Katzentoilette gemacht. Eine schlaue Katze, dachte ich. Da kam auch Mama nach unten. „Wirklich ein schönes Tier", sagte sie. „Nur ihr Fell sieht nicht so gut aus. Am besten wir gehen nachher mal zum Tierarzt. Nicht dass sie Flöhe oder sonst etwas hat und diese sich noch auf unsere Luna übertragen." Vom Tierheim sagte sie nichts und ich war froh.

Papa hatte heute einige Termine, so dass ich hoffte, dass auch er nicht auf die Idee kam, die Katze wegzubringen.
Nach dem Frühstück rief Mama beim Tierarzt an, bei dem wir schon öfters mit Luna waren. Wir bekamen für 11:00 Uhr einen Termin. Nur, wie sollten wir Mohrle dorthin bringen.

„Tante Hilde hat doch auch eine Katze. Sie hat bestimmt so eine Tragebox", sagte ich. „Eine gute Idee", sagte Mama. „Lauf doch gerade mal rüber und frag nach. Sie ist bestimmt zu Hause."
Schnell lief ich zu Tante Hilde, die nur eine Straße weiter wohnte. Ich klingelte und sie kam auch gleich an die Haustür. „Hallo Kai", sagte sie, „Du bist ja ganz aufgeregt, was ist denn los? Komm doch erst einmal herein."
Sie führte mich in ihr Wohnzimmer und ich erzählte ihr die ganze Geschichte mit der Katze. Tante Hildes Katze lag gemütlich neben mir auf dem Sofa und lauschte gespannt was ich erzählte.
Auf einmal schaute ich auf die Uhr in Tante Hildes Wohnzimmer. Es war schon 10:45 Uhr! „Ach Du je! Wir haben um 11:00 Uhr einen Termin beim Tierarzt", rief ich. „Eigentlich wollte ich Dich fragen, ob Du eine Tragebox für Katzen hast, die Du mir leihen kannst. Mama wartet bestimmt schon auf mich."
Tante Hilde hatte eine Box, die sie schnell aus dem Keller holte.
Ich bedankte mich und lief nach Hause. Mama empfing mich schon an der Haustür. Wir gingen in den Keller und meine Mutter nahm Mohrle behutsam von der Eckbank herunter und setzt sie in die Tragebox. Mohrle war nun natürlich sehr aufgeregt und miaute ganz doll.
Wir gingen zum Auto, Mama stellte Mohrle neben mich auf den Rücksitz und ich redete der Katze gut zu. Gut, dass wir nur ein paar Straßen weiter fahren mussten. „Weißt Du eigentlich, wie unsere Katze heißt?", fragte ich meine Mutter.
„Nein", sagte Mama schmunzelnd. „Ich wusste aber auch noch gar nicht, dass das unsere Katze ist. Wie heißt sie denn?"
„Mohrle", antwortete ich und hoffte dabei, dass Mama sie auch behalten wollte.

Beim Tierarzt stellte sich heraus, dass Mohrle keine Katze sondern ein Kater war. Er musste entfloht, entwurmt, geimpft und am besten kastriert werden, meinte der Tierarzt. Ansonsten wäre Mohrle ja wirklich ein sehr schönes Tier.
Also verließen wir, bewaffnet mit den nötigen Medikamenten, die Praxis und fuhren wieder nach Hause.
„Hör mal Kai", sagte meine Mutter zu Hause. „Ich weiß, dass Du den Kater gerne behalten willst. Ich würde ihn auch sehr ungern zum Tierheim bringen. Von mir aus können wir es mal versuchen. Wir müssen halt schauen wie sich Hund und Kater miteinander vertragen. Außerdem müssen wir noch Papa überzeugen und Du musst mir versprechen, dass Du Dich um das Tier kümmerst. Meinst Du, Du schaffst das?"
„Na klar schaffe ich das Mama, ganz bestimmt!", rief ich.
Ich war sooo froh und lies unseren neuen Mitbewohner aus der Tragebox.
Abends sprachen wir mit Papa. Er war nicht sonderlich begeistert, ließ sich aber auf unseren Wunsch ein, Mohrle zu behalten.

Die ersten Wochen verbrachte der Kater wenn er zu Hause war nur im Keller.
Irgendwann traute sich Mohrle immer näher an Luna heran, die sich dann total freute und mit dem Schwanz wedelte.
Mit der Zeit lernte sie auch, dass der Kater nicht wie andere Hunde mit ihr spielen wollte und ließ ihn in Ruhe.

Jetzt wohnt Mohrle schon über zwei Jahre bei uns und jeden Morgen, wenn er von seinen nächtlichen Ausflügen zurück ins Haus kommt, schmust er erst einmal eine Runde mit Luna. Oft liegen die beiden gemütlich nebeneinander in unserem Wohnzimmer und schlafen.

Ich glaube, meinem Kater gefällt es sehr gut bei uns und ich bin so froh, dass wir ihn damals nicht ins Tierheim gebracht haben.

(Jannis Goldberg, 9 Jahre)

Der bedrohte Wald

An einem sonnigen Tag, unten am Meeresgrund, schwamm Lilly, die kleine Meerjungfrau, zu ihrer Freundin Pfefferminze. Lilly hatte im Gegensatz zu Pfefferminze hellbraunes Haar, das bis zu ihren Schultern ging und eine blaue Flosse. Diese stand für Intelligenz.
Pfefferminze hatte schwarzes Haar, das bis über ihren Po hing und ihre Flosse war lila. Diese Farbe stand für sehr verrückt, und das hatte ihr schon gute Einfälle gegeben.
Als sie ankam war Luna, ihre andere Freundin, schon bei der Bandenversammlung (sie waren eine Bande).
Nun fehlte nur noch Alexandra, die sich auch Alex nannte. Luna hatte noch längeres Haar als Pfefferminze, sie reichten nämlich bis zu ihren Füßen, aber ihre Haare waren blond.
Die Flosse war gelb und stand dafür, dass sie die Bande nicht im Stich lies.
Zwei Stunden später traf endlich Alexandra ein.
"Wo warst du die ganze Zeit?", fragte Luna.
Darauf antwortete Alex: "Im Wald."
Lilly mischte sich ein, "Wir dürfen da doch nicht rein!"
"Ich weis", erwiderte Alexandra. "Ich hörte ein Geräusch aus dem Wald, so wie Stöckelschuhe, *(Es gibt Stöckelschuhe bei Meerjungfrauen. Sie sind aber flach und in der Mitte ist ein Spalt, da steckt man das Ende der Flosse rein.*
Sie sind laut. Es gibt auch Socken, sie sind genauso wie Stöckelschuhe aufgebaut, nur dass man mit ihnen leise ist), und ich weiß ja, dass da keiner rein darf, und keine gefährliche Gestalt trägt Stöckelschuhe, oder?

Also bin ich rein, dem König bescheid zu sagen, hab ich mich nicht getraut."
"Aber wie siehst du denn aus!" unterbrach sie Lilly erschrocken. Ihr dunkelbraunes Haar, das bis zu ihrer Brust ging, und eigentlich immer gekämmt war, war zerzaust. Ihr Gesicht war zerkratzt und die rote Flosse, die für Mut stand, war von oben bis unten dreckig.
"Ich bin einer Gestalt begegnet. Sie sah so aus, als wäre sie in tausend Stücke zerrissen, schrecklich!",
erinnerte sich Alexandra.
Da kam Pfefferminzes großer Bruder rein, mit seinen braunen Haaren und dunkelblauer Flosse, die für Besserwisser stand, sagte: "Schwesterherz, deine Socken stinken!"
Er bekam zur Antwort: "Was hast du gehört!?"
"Mama fragt, ob sie deine Socken waschen soll?", setzte Adam, der große Bruder fort.
"Ja! Und jetzt, was hast du gehört!?", kam es von Lilly. Da ging er aber schon raus.
Als die Tür zu war sagte Luna: "Wir müssen ihn belauschen, egal ob wir wollen oder nicht."
"Aber wir müssen uns Socken anziehen", meinte Lilly.
"Hört sich nach Spaß an." Pfefferminze grinste in die Runde.
"Ist aber kein Spaß", sagte Luna düster, denn Pfefferminze und Luna konnten sich nicht so richtig leiden.

Am nächsten Morgen, in der Schule auf dem Pausenhof, schwammen Lilly, Luna, Alexandra und Pfefferminze heimlich zu Adam. Gerade als sie nahe genug waren um etwas zu hören, sagte er zu seinem Freund mit der grünen Flosse, die für Vertraulichkeit stand: "Eine von ihnen war im Wald!"
Darauf fragte sein Freund: "Im *verbotenen* Wald?"

Dann auf einmal schoss Alex auf Adam und seinen Freund zu und schlug ihnen mitten ins Gesicht, sie fielen zu Boden.
Alex schwang die Faust nach hinten, um noch einmal zuzuschlagen.
Pfefferminze, starr vor Schreck, sagte: "Schei...", doch sie wurde unterbrochen.
"So was sagt man nicht!", herrschte Luna sie an. Lilly, die vernünftigste, die immer alle auseinander bringen musste und alles ausbadete sagte mit lauter Stimme: "Aufhören, aufhören!!!
Seid ihr denn alle verrückt!?"
Aber es war zu spät! Eine Pausenaufsicht kam herüber geeilt, brachte die beiden Mädchen auseinander. Luna blutete.
Dann rief sie drei andere Lehrer zu sich, die auch
Pausenaufsicht hatten. Der eine trug Adam weg von der Schule ins Krankenhaus ein anderer seinen Freund. Dann kam aber auch schon die Schuldirektorin, Frau Pantoffel, und ging auf Alexandra zu: "Du kommst mit mir, immerhin hast du fast zwei Zehntklässler zu Tode verprügelt, anders kann ich das nicht nennen", sagte sie.
"Aber was mich interessiert ist, wie eine Drittklässlerin, welche aus der Zehnten erledigen konnte", fügte sie hinzu.
Frau Pantoffel führte sie in die Schule, eine Marmorrampe hinauf und dann in ihr Büro.
"Setz dich", sagte Frau Pantoffel und wies auf einen Stuhl an einem kleinen runden Tisch. "Vielleicht muss ich dich von der Schule weisen, du hast mich sehr enttäuscht. Hätte nie gedacht das du jemanden schlagen würdest", sagte sie mit trauriger Stimme.
Alex hörte nur mit halbem Ohr zu, denn sie sah auf den Klamotten von Frau Pantoffel ganz viel Dreck und ihre Haare, die sonst glatt gekämmt waren, sahen zerzaust aus.

Genau so sah auch sie selbst aus, als sie aus dem Wald kam.
Und dann auf einmal leuchtete auf Frau Pantoffels Hand ein Kreis, aber nur schwach.
In dem Kreis war eine Gestalt und Alex war sich sicher, dass es sie war, die sie im Wald getroffen hatte.
Konnte Frau Pantoffel im Wald gewesen sein? Immerhin trug sie Stöckelschuhe. Aber wenn sie es war, was wollte sie dann eigentlich im Wald?
Die ganze Zeit hatte sie auf den leuchtenden Kreis geguckt, deswegen hatte Frau Pantoffel wahrscheinlich den Ärmel über die Hand gezogen, und nun tat sie etwas Sonderbares. Sie stand auf, aber es war zu spät!
Ihr Gesicht wurde grau und langsam konnte man durch sie durchgucken.
Sie schrie auf und rannte hinaus. Nun wurde es stiller. Alex wartete, falls sie zurück kommen würde, aber sie kam nicht. Also machte sie sich zurück auf den Pausenhof.
Als sie ankam, war zu ihrer Verwunderung niemand da. Wahrscheinlich hatte es schon geklingelt. Wo hatte sie eigentlich Unterricht? Aber da eilte auch Hilfe herbei. Frau Drucker, ihre Mathelehrerin.
"Wo warst du denn die ganze Zeit? Du hast fast die erste Stunde komplett verpasst!", sagte sie mit strengem Ton.
"Die Schuldirektorin wollte mich sprechen", antwortete Alex kleinlaut. "Dann sag mir wenigstens was elfmal sechs ist!"
Frau Drucker wartete, was sie hören würde.
Alex überlegte angestrengt, dies war ihre Hassfrage.
"Vielleicht siebzig?" sagte sie unsicher.
"Falsch, ganz falsch!!!"
Frau Drucker war entsetzt. "Aber komm erstmal rein!"
Im Unterricht konnte sie sich gar nicht konzentrieren, weil sie auf die Pause wartete.

Erstens, sie hatte Hunger und zweitens, musste sie unbedingt den anderen sagen was passiert war.
Endlich klingelte es. Alle stürmten raus, Alex aber war als erste an der Tür. Sie rief den anderen noch zu: "Geheimversteck Nummer 4!", und dann war sie auch schon weg.
" Nummer 4? Das muss wirklich dringend sein!"
Dieses Versteck war nur für Notfälle, weil es das einzige Versteck war, das keiner kannte.
Also schwammen sie auf den Pausenhof. Es ging in Richtung Baumstämme. Nein, hier war es nicht, es schwammen zu viele Leute rum.
Die Bande machte eine Kurve, nun steuerten sie auf das Schilf zu. Das Schilf war so hoch, dass es einen Zentimeter unter der Wasseroberfläche war.
Sie nahmen jeder einen Stock und kämpften sich hindurch. Sieben Meter schwammen sie schon, und endlich eine Lichtung.
Das war nicht irgendeine Lichtung.
Warum?
Sie hatten die Lichtung selbst gemacht. Pfefferminze hatte das Schilf abgerupft, Luna hatte Sessel mitgebracht, Lilly Geschirr und Alex eine kleine Küche.
Alle setzten sich in die gemütlichen Sessel, dann fing Alex an zu erzählen, was passiert war.
Als sie fertig war, hörte man keinen einzigen Ton von der Gruppe. Es hörte sich wie ausgestorben an. Alexandra unterbrach das Schweigen mit dem Satz: "Ich hab Hunger, gibt es noch Brötchen?"
"Ja, ich glaube untere Schublade rechts", murmelte Lilly. Alex stand auf und holte sich ein Brötchen, Butter und ein Stück Salami.
"Was machen wir jetzt?", fragte Lilly.

Zur Antwort machte Alex: "Pssssssssst, seit mal leise, ich höre was!"
Sie lauschten, und hörten wie sich irgendjemand näherte.
"Verstecken!", zischte Alex.
Alle schwammen ins Schilf, aber so, dass sie etwas sehen konnten. Die Flossenschläge wurden immer lauter und ein Mädchen mit blonden, knielangen Haaren kam auf die Lichtung.
"Die Tussi hat ja eine goldene Flosse", sagte Pfefferminze laut.
"Sei still, sie kann uns hören!", schrie Luna sie an.
Das war zu laut, das Mädchen drehte sich blitzschnell um und schwamm in Richtung der Bande. Sie schob das Schilf beiseite und entdeckte die vier Mädchen.
Pfefferminze fand als erste ihre Sprache wieder.
"Was machst du hier?", fragte sie nicht sehr höflich.
"Entschuldigung, Pfefferminze ist nicht immer die netteste."
Lilly lächelte das Mädchen an.
Doch sie interessierte sich nicht für Lillys Worte, sondern guckte sich alle genau an. Als ihr Blick Alex streifte, blieb sie an ihr hängen und sie sagte langsam: "Du bist Alexandra und warst vor einem Tag im Wald." Alex wurde misstrauisch und fragte: "Woher kennst du meinen Namen?"
Eine kleine Pause trat ein und die restlichen Bandenmitglieder warteten gespannt, was jetzt passieren würde.
"Jo hat es mir gesagt, und ich habe auch die Aufgabe von ihm", fuhr das Mädchen langsam fort.
"Ich heiße Mary."
Sie ließ sich von der Bande nicht aus der Ruhe bringen.
"Welche Aufgabe?", fragte Lilly, doch Mary antwortete nicht.
"Versuch du es mal, Alex."
Lilly wollte die Aufgabe unbedingt erfahren.
"Was ist das für eine Aufgabe, Mary?", fragte nun Alex.

"Welche Aufgabe meinst du, Alexandra?" Mary schien verwirrt und entsetzt zu gleich.
"Du hast von einer Aufgabe gesprochen, die dir Jo gegeben hat", versuchte Alex ihr auf die Sprünge zu helfen.
"Nein Alexandra, nein!", Mary schüttelte den Kopf. Bevor die Bande begriff, war Mary schon durchs Schilf verschwunden.
"Wollen wir ihr hinterher rennen?", fragte Luna.
"Au ja! Fangen spielen! Wer ist der Fänger?" Pfefferminze sah sie erwartungsvoll an.
"Das ist kein Fangenspiel, sondern eine Verfolgungsjagd!", zischte Luna.
"Am besten, wir lassen sie in Ruhe. Sie wird schon einen Grund haben, wieso sie abgehauen ist.
Und Luna, verderbe doch Pfefferminze bitte nicht den Spaß, okay?"
Lilly hatte recht, und deswegen waren alle einverstanden. Nur Luna war mit dem letzten Satz nicht so ganz zufrieden, doch nach einiger Überredungskunst der restlichen Bande willigte sie ein.
"Und was machen wir jetzt?", fragte Alex ziemlich unschlüssig.
In dem Moment klingelte es. "Wir haben ja noch Schule!", rief Luna entsetzt. "Treffen wir uns danach wieder hier?", fragte Lilly. Die Anderen stimmten ein und gingen in den Deutschunterricht, den sie eigentlich bei Frau Pantoffel hatten.
Als sie rein kamen, saß am Lehrerpult Frau Lampe, ihre Klassenlehrerin.
Als der Unterricht begann, erzählte sie: "Frau Pantoffel ist verschwunden, deswegen werde ich mit euch Deutsch machen. Bitte schlagt das Buch auf Seite 20 auf… ."
In der letzten Stunde, noch mal Mathe bei Frau Drucker. Lernten sie die Römischen Zahlen, wie: I=1 oder V=5 usw.

Als auch diese Stunde zu Ende war, packten alle ihre Sachen in ihren Rucksack und schwammen nach Hause. Lilly, Pfefferminze, Luna und Alex schwammen in das Geheimversteck, legten ihre Rucksäcke auf den Meeresgrund ab und setzten sich in einen runden Kreis.
"Ich glaube, diese komische Mary war aus dem Wald", nuschelte Pfefferminze nach einer Weile.
"Wie kommst du denn darauf? Ich dachte, du hast kein Gehirn zum Denken", sagte Luna erstaunt.
"Wenn du denkst, dass du nicht denkst, dann denkst du", antwortete Pfefferminze schnippisch.
Luna fiel die Kinnlade herunter, denn sie war so erstaunt, dass Pfefferminze solch einen Spruch von sich geben konnte. "Hört auf! Ich habe keine Lust darauf! Pfefferminze, wie kommst du darauf, dass sie aus dem Wald ist?", unterbrach Lilly die Unterhaltung von Luna und Pfefferminze.
"Ist doch ganz einfach! Sie weiß, dass Alex im Wald war und ein Jo hat es ihr gesagt. Ich schließe daraus, dass der Jo die Gestalt im Wald war, und sie kennt Jo, und weil Jo im Wald wohnt, muss Mary auch im Wald wohnen", erklärte Pfefferminze.
"Am besten gehen wir Morgen alle zusammen in den Wald und besuchen Adam und …, wie heißt sein Freund noch gleich? Ach ja Tomas. Ich muss nach Hause, meine Mutter wartet sicher schon. Tschüss." Lilly nahm sich einen Stock und verschwand.
"Sie hat recht, kommt gehen wir nach Hause", meinte Alex. Die restliche Bande schwamm durch das hohe Schilf und trennte sich dann, denn sie hatten verschiedene Heimwege. Den restlichen Tag dachten alle nach und Pfefferminzes Mutter machte sich Sorgen um ihren Sohn Adam. Natürlich konnte Pfefferminze ihr nicht sagen, dass Alex ihn verkloppt hatte.

Aber natürlich fing sie gleich an zu quatschen, als ihre Mutter sie danach fragte. Zum Glück wollte Lilly sie gerade besuchen. Natürlich musste sie immer alles ausbaden. "Pfefferminze erzählt nur Stuss, ich habe gesehen, dass er sich mit welchen aus der Oberstufe geprügelt hat, außerdem ist es doch unmöglich, dass das eine Drittklässlerin kann!"
Pfefferminzes Mutter stimmte ihr nachdenklich zu und verschwand im Wohnzimmer.
Lilly zog ihre Freundin in das Kinderzimmer und schloss die Tür hinter sich. "Du hast uns in große Schwierigkeiten gebracht, die ganze Bande! Warum hast du das denn gemacht? Du weißt doch, dass man seine Freunde nicht verpetzt!"
Das waren die falschen Worte von Lilly, denn Pfefferminze fing plötzlich an zu weinen.
"Entschuldigung, war nicht so gemeint. Aber mach es bitte nicht wieder. Bitte hör auf zu weinen." Lilly war ratlos als Pfefferminze nicht aufhörte.
"War doch nur ein Spaß." Lilly sagte das, denn Pfefferminze wurde immer wieder glücklich, wenn man von Spaß redete oder man sagte, dass es nur ein Spaß war, was man gesagt hatte. Sofort grinste Pfefferminze wieder, und Lilly wurde wieder ernst.
"Pfefferminze? Verpetzt du aber bitte nie deine Freunde?"
"Weiß nicht, ja okay ich mache es nicht, versprochen", sagte Pfefferminze.
Am nächsten Morgen, in der ersten Pause, gingen Luna, Alex, Lilly und Pfefferminze in das Krankenhaus der Schule. Bei dem Eingang stand eine Frau, die nicht sehr nett, aber dafür streng aussah. Sie fragte barsch:
"Was wollt ihr hier?"
"Wir..., wir wollten Adam und..., und Tomas besuchen", stotterte Lilly.

"Eure Schülerausweise", sagte die Frau genervt. Alle legten ihre Ausweise in die ausgestreckte Hand und die Frau betrachtete die Schülerausweise.
"Alexandra muss draußen bleiben, falls sie wieder angreift. Die Andern können rein", sagte sie.
"Ich warte in dem geheimen Geheimversteck auf euch", murmelte Alex traurig. Die restliche Bande ging in das Zimmer und zu den Betten, wo Adam und Tomas lagen.
"Hey, wo ist denn eure brutale Freundin?", fragte Adam als er sie sah.
"Hi, wir sollen euch sagen, dass es ihr leid tut. Aber so etwas sagt man nicht in der Öffentlichkeit", sagte Lilly.
Sie hatten sich noch nicht lange unterhalten, als die strenge Frau herein kam und die Bande nach draußen schickte.
Sie schwammen in Richtung Geheimversteck, aber da klingelte es und sie mussten in den Erdkundeunterricht bei Herrn Atlas.
Am Nachmittag trafen sich alle am Waldrand.
"Wir müssen herausfinden, warum der Wald im Moment bewacht wird", sagte Lilly, und die Bande schwamm vorsichtig in den Wald hinein. Als sie eine Weile geschwommen sind, erschreckten sich alle bis auf eine, Pfefferminze. Eine Gestalt stand vor ihnen, sie war grau und sah aus, als wäre sie in tausend Stücke zerrissen. "Hallo, weißt du wieso der Wald bewacht wird?", fragte Pfefferminze die Gestalt. "Ja, ich weiß wieso. Eine böse Meerjungfrau verängstigt den Wald. Sie will den magischen Kristall, und damit will sie die ganzen Schätze der Welt haben, denn dieser Kristall besitzt die Macht dem, der ihn gefunden hat, jeden Wunsch zu erfüllen. Und jetzt muss der Kristall gefunden werden bevor die böse Meerjungfrau ihn findet.
Ach so, ich hatte vergessen zu sagen, dass diese Meerjungfrau eine Schuldirektorin ist. Aber ich muss jetzt gehen."

Die Gestalt verschwand und Lilly ergriff das Wort.
"Wir müssen den Kristall finden. Teilen wir uns am besten auf."
Alle waren einverstanden und so ging jeder in eine andere Richtung.
Pfefferminze schwamm und schwamm, ohne dass sie wusste, was sie überhaupt suchen sollte. Da sah sie ein tiefes Loch, und, weil sie so neugierig war, schwamm sie hinein.
Es war stockdunkel und Pfefferminze stieß hin und wieder an eine Wand. Plötzlich war am Ende des Loches ein Licht erschienen. Es war so hell, dass Pfefferminze nicht richtig hingucken konnte.
Sie kam in einen kleinen Raum, dort stand ein Tisch und darauf eine Vitrine, und ein Kristall schimmerte darin. Pfefferminze wusste sofort, dass es der magische Kristall war.
Doch auf einmal schoss eine Gestallt aus einer Einkerbung und sprang auf die Vitrine zu. Pfefferminze verstand sofort, was los war und hielt die Gestalt an einem Zipfel fest. Da merkte sie, das es ihre Schuldirektorin war und lies den Zipfel vor Entsetzen los. Die Gestallt nutzte den Moment und hastete weiter auf den Tisch zu. Doch dann erschien auf einmal Mary mit einem Netz in der Hand, fing damit die Gestallt und legte sie in die andere Ecke des Raumes. Doch das hielt nicht lange, denn die Direktorin riss das Netz auseinander und schwamm in Richtung andere Raumseite. Aber jetzt griff Pfefferminze ein, rannte volle Kanne gegen die Gestalt und schmetterte sie wieder zurück. Den Moment nutzte Mary aus, nahm den Kristall und schloss die Augen. Da wurde der kleine Raum so hell, dass jeder dachte, er würde blind werden. Als die Helligkeit sich legte, war die Schulleiterin verschwunden.
"Wo ist die Direktorin?", fragte Pfefferminze.
"Ich habe mir gewünscht, dass sie sich in Luft auflöst", antwortete Mary.

Sie schloss wieder die Augen und plötzlich stand die restliche Bande vor Pfefferminze. "Was…, wie…, wo…, warum…?", gab Luna von sich.
Als Pfefferminze und Mary alles erzählt hatten, bestimmte die Bande, dass Mary ein Bandenmitglied werden sollte.
"Aber warum bist du bei der letzten Begegnung weggerannt?", wollte Lilly wissen.
"Das bleibt mein Geheimnis. Wir sollten uns noch was wünschen:
1. Dass Adam und Tomas nichts mehr von all dem wissen und wieder gesund sind, und
2. Dass es dem Wald wieder gut geht", meinte Mary.
Und als alle einverstanden waren, lebten sie glücklich zusammen und hatten viel Spaß am Leben.

(Merle Jäger, 10 Jahre)